Stellar
Odyssey
Trilogy
***
3

미래로 가는 사람들

ⓒ김보영 2020

초판1쇄 인쇄	2020년 5월 21일
초판12쇄 발행	2025년 1월 15일

지은이	김보영

펴낸이	박대일
편집	이문영 · 임유리 · 이지영 · 김하랑 · 임지원
마케팅	임유미
교정	김필균 · 박준용
표지 · 본문그림	휘리
디자인	박현주

펴낸곳	파란미디어
출판등록	2004년 9월 14일 제313-2004-00214호

주소	03992 서울시 마포구 동교로23길 14 국제빌딩 6층
전화	02.3141.5589 영업부 070.4616.2012 편집부
팩스	02.6499.5589
전자우편	paranbook@gmail.com
카페	http://cafe.naver.com/paranmedia
인스타그램	@paranmedia

ISBN	978-89-6371-758-6(04810)
	978-89-6371-755-5(전3권)

미래로 가는 사람들

김보영 장편소설

차
례

첫 번째 이야기 :

起 — 우주의 끝을 찾아내는 법

起(기) : 내닫다. 날아오르다. 가다.

** 그리고 재빨리, 상상도 못 할 속도로,

화려한 지구는 자전한다.

영원히 쉬지 않고 도는 천체의 운행 속으로.

**가 붙은 인용문은 모두 「파우스트」. 홍신문화사. 정광섭 번역.

가장 큰 문제는 이 집에 밤과 낮의 구분이 없다는 사실이다. 이 집을 찾는 사람들은 안에 살고 있는 사람도 가끔은 잠을 잔다는 것을 고려하지 않는다. 만약 그 전화가 지난 2년 만에 처음 걸려온 것만 아니었더라면, 사실 몇 개월 전부터 이제 여행자는 두 번 다시 만날 수 없으리라고 생각하고 있지만 않았더라면, 셀레네는 전화를 무시하고 계속 책이나 읽고 있었을 것이다.

셀레네는 조금 아쉬워하며 책을 덮었다. 그녀보다도 오래된 책이었다. 책장 끝은 너덜너덜했고, 페이지마다 밑줄과 글귀가 적혀 있었다. 그중 반은 그녀가 쓴 것이었고, 반은 이 책을 갖고 있던 그녀의 선조들이 쓴 것이었다.

셀레네의 방은 작은 성채城砦였다. 방은 두 개의 창문과 한 개의 문만 남기고 천장에서부터 바닥까지 낡은 책으로 가득 메워져 있었다. 그가 앉아 있는 — 이라기보다는 반쯤 묶여 있는 — 책상에는 모서리를 둘러싸고 신화 이야기 하나가 돌고 있었고, 책상 다리마다 손으로 직접 새긴 부조가 그려져 있었다. 셀레네가 들어 올린 전화기 역시 어느 왕족의 사무실에서나 쓰였을 만한 것으로, 눈에 띄는 공간은 물론이고 안 띄는 부분까지 빼곡히 금색과 검은색의 문양이 조각되어 있었다. 이런 모양을 하고 있어도 기능상으로는 항해사들이 쓰는 무선통신기와 완전히 같은 것이었다.

방 안에 사람이 하나 들어섰다. 물론 실제로 나타난 것이 아니라 전신 홀로그램이 켜진 것이다. 이런 곳에서는 제대로 신원 확인도 할 수 없을 뿐더러, 비상벨을 누른다고 경찰이 날아와 줄 수 있는 것도 아니기 때문에, 안전을 위해 서로를 가능한 한 크게 보여 주는 것이 예의였다. 눈으로 직접 보면 처음 만나는 상대라도 어느 정도 정보를 얻을 수 있다. 홀로그램 화면에 나타난 사람은 갓 20대를 벗어난 듯 보이는 젊은이였다. 항해사들이 보통 그렇듯이 머리는 짧게 잘려 있고 옷은 오래 세탁을 하지 않아 꾀죄죄했다. 우주선 내부도 본 적이 없는 모델인 것으로 보아 어느 변두리 국가에서 만들었거나 상표도 없는 조립품인 것 같았다. 셀레네는 청년의 시선이 자신에게 멈춰 있는 것을 보고 의아한 기분이 들었다. 이 방의 풍경을 본 사람이 시선을 방 안 가득한 책에 두지 않는 것은 흔치 않은 일이었기 때문이다.

"릴리?"

그 말을 들은 셀레네는 기분이 몹시 나빠졌다. 처음 보는 사람이 자기 할머니 이름을 대뜸 부르면 보통은 그렇게 된다.

"그건 할머니 이름이야."

"아."

청년은 입을 다물었다. '이상한 놈이로군.' 셀레네는 입 속으로 중얼거렸다. 청년의 목소리는 그의 목에 매단 기계와 입에서 이중으로 들렸다. 통역기를 쓰고 있었다. 공용어도 모르는 것을 보면 꽤 낙후된 곳에서 온 모양이었다.

"지불할 물건은 갖고 있겠지?"

"뭐라고 씨불이는 거야?"

청년의 입에서 나온 말에 셀레네는 한쪽 눈썹을 지그시 들어 올렸다. 생긴 것과는 다르게 말이 험한 녀석이군. 하긴 공용어도 배우지 못한 걸 보면 이런 녀석의 배경이야 뻔한 것이었다. 셀레네는 슬슬 걱정이 되기 시작했다. 몇 년 전엔가도 통역기를 쓰는 녀석이 집을 날려 버리겠다고 협박하는 바람에 책상 안에 있는 것을 모조리 내어 준 적이 있었다. 선사시대의 토기나 공룡 이빨, 고딕 양식의 재떨이 같은 귀한 문화유산들이 한 번에 사라져 버리고 말았다. 셀레네가 프로그램과 바꿔 조금씩 수집해 놓았던 것으로, 두 번 다시 구할 수도 없는 물건들이었다.

"돈은 필요 없어. 지구의 돈은 여기서는 통용되지 않아. 먹을 것도 필요 없어. 나는 맛을 모르니까. 보석이나 옷도 필요 없어. 여기에는 봐 줄 사람이 없으니까. 내게 필요한 건 이곳에 없는 책뿐

이야."

"그딴 걸 갖고 있을 리가 없잖아."

물론 그렇겠지.

"그러면 프로그램은 해 줄 수 없어. 다른 데 알아봐. 금괴 같은 건 받는 곳이 아직 있을 테니까."

"난 여기서 프로그램을 받아야겠어."

셀레네는 슬슬 기분이 나빠지기 시작했다.

"그 통역기가 잘 안 돌아가나 본데. 다른 데로 가 보라고 했어."

청년은 입을 다물었다. 이상한 놈이었다. 표정만 보면 패나 정중하게 부탁하고 있다고 믿을 법도 했다. 청년의 얼굴은 약간의 당혹감에 약간의 실망감이 비치는 것을 제외하고는 극히 담담했다. 청년이 무선을 끄지도 않고 가만히 있자, 셀레네는 머리가 아파졌다.

"어디로 갈 거냐?"

청년은 조금 망설이는 것 같았다. 말을 하면 상대가 기분이라도 나빠할까 봐 걱정하는 모양이었다. 저런 녀석이 걱정할 정도면 대체 무슨 말이 나올지 기대가 되기 시작했다.

"《우주의 끝》으로 갈 생각이야."

셀레네는 그대로 조용히 전화기를 내려놓았다.

** 생명의 조류 속에서, 행위의 폭풍우 속에서,

나는 물결치면서 올라갔다가 내려간다.

저리 갔다가 이리 돌아온다.

출생과 무덤, 영원의 바다,

가로 세로 엮어지는 현실의 세계, 타오르는 생명

넓은 세계를 구석구석 헤매 다니는 너, 부산한 영이여.

책을 덮고 창밖을 내다보던 셀레네는 기절할 듯이 놀라고 말았다. 우주선 한 대가 그녀가 살고 있는 인공위성의 바로 옆에 멈춰 있었다. 우주선이 멈춰 있다는 뜻은 실제로 멈춘 것이 아니라, 그 배가 셀레네의 집과 같은 궤도에서 같은 속도로 날고 있다는 의미였다.

셀레네가 멍하니 창을 내다보는 사이에, 우주선에서 우주인 하나가 나와 셀레네의 집으로 접근해 왔다. 셀레네는 이제 안정제를 찾아야 할 지경에 이르렀다. 그녀의 집에 셀레네의 가계도에 없는 사람이 들어온 적은 이 집이 만들어진 이래로 없었다. 이 집의 외부 해치는 그녀의 고조할머니가 이 집을 처음 샀을 때 들어오기 위해 한 번 열렸을 뿐이다. 그녀는 이 집에서 평생을 살았고 자신을 복제하여 증조할머니를 낳았다. 증조할머니는 이곳에서 태어나 다시 같은 방식으로 할머니를 낳았고, 셀레네 대까지 이어져 오고 있었던 것이다. 하다못해 도둑을 맞을 때조차 집이 침범당하는 것이 싫어 직접 돈과 물건을 쓰레기구멍으로 건네주었었다.

셀레네는 정신없이 패널을 열어 감시 카메라를 모두 켰다. 그 정도로 전력을 낭비해 본 것은 그녀가 어렸을 때 어머니로부터 집의 구조를 배우던 날 이후로 처음이었다.

우주인은 수영장이라도 헤엄치듯이 겁도 없이 날아오더니 도킹 통로로 들어왔다. 접근할 때 회전 속도라도 높이면 저 우주인은 집 밖으로 튀어나온 안테나 따위에 맞아 저세상으로 갈 것이다. 하다못해 지금이라도 속도를 높이거나 궤도를 변경하면 그는 자신의 배와는 영영 이별하게 될 것이다. 하지만 셀레네는 그중 아무것도 하지 못했고, 멍하니 자신의 집으로 침입해 들어오는 이방인을 카메라를 통해 보고 있어야 했다. 셀레네는 자기 손으로 최외곽 해치를 열어 주기까지 했다. 아무것도 안 하고 그대로 놓아두면 밖으로 튕겨 나갈 수 있었기 때문이었다.

우주인이 안으로 들어온 뒤, 해치 안에 공기를 채우고서야 셀레네는 스피커를 통해 그와 이야기를 할 수 있었다.

"대체 이게 무슨 짓이야? 당장 내 집에서 나가

지 못해?"

"미안하게 됐어."

청년은 여전히 무례하게 대답했다.

"하지만 할망구가 전화를 받지 않아서."

"전화를 받고 안 받고는 내 맘이야. 누구 마음
대로 내 집에 들어오라고 했어?"

"미안하게 됐어."

청년은 반복했다. 혹시 정말로 미안하게 생각
하는 게 아닐까 하는 생각이 들었다.

"당장 나가지 않으면 경찰을 부르겠어."

이런 협박이 통할 리가 없었다. 우주선을 모는
경찰이 있었던 시절도 있었지만, 벌써 까마득한
옛날의 일이었다.

"넌 지불할 것도 없잖아."

"이번에는 공짜로 해 주겠다고 했어."

"누가?"

"네 할머니가."

진정해야 했다. 그렇지. 이럴 때일수록 진정하
지 않으면 안 된다. 셀레네는 심호흡을 크게 했다.

"밖으로 나가는 문은 수동으로 열릴 거다. 안으

로 들어올 생각은 꿈도 꾸지 마. 네 우주선을 갖다 박지 않는 이상 열리지 않을 테니까."

"가만있을 테니까, 네가 열어 줘."

셀레네는 한 번 크게 웃은 뒤에 서재를 제외한 전원을 모두 꺼 버렸다. 집 안은 칠흑 같은 어둠에 둘러싸였다.

꼬박 하루가 지난 뒤에도 우주선은 창문 옆에 멈춰 서 있었다. 셀레네는 거의 잠을 이루지 못하고 하루를 보냈다. 마침내 참을 수가 없게 된 셀레네는 결국 전원을 켜고 우주인이 있는 에어 로크의 불을 켰다. 청년은 불이 들어오자 고개를 들었다. 죽지는 않은 모양이었다. 우주복은 이미 벗겨져서 옆에서 떠다니고 있었다. 지금 바깥문을 열게 되면 청년은 일시에 죽게 되겠지만, 여전히 셀레네는 아무것도 하지 못했다.

"대체 나한테 왜 이러는 거냐?"

"미안하게 됐어."

이 녀석은 꼭 앵무새처럼 말을 하는군.

"하지만 네가 아니면 할 수 없다는 걸 알고 있으니까. 다른 놈들에겐 갈 생각이 없어."

셀레네는 어이가 없었다. 하지만 청년은 하루 내내 문을 두드리지도 않았고 숨소리 하나 내지 않았다. 그는 완전히 예의 바르게 갇혀 있었다. 도대체가 이해할 수 없는 놈이었다. 입만 열지 않는다면······.

"네가 말투만 조금 고치면 상대해 줄 법도 하다만······."

그제야 뭔가 이상한 것을 깨달은 셀레네는 잠시 입을 다물었다.

"그 통역기 쓴 지 얼마나 된 거냐?"

"이틀 전에 데이터를 받았어."

그녀는 이마를 잡고 한 번 크게 웃었다가, 한숨을 푹 내쉬었다.

"안으로 들어와."

"정말이야?"

청년의 얼굴에 화색이 돌았다.

"대신, 내가 그 통역기 옵션 조정해 줄 동안 한마디도 하지 마."

셀레네는 통역기를 청년의 옷에 걸어 놓고 말

을 붙였다.

"내가 최고라고 한번 말해 봐."

"할머니가 최고의 항법사라고 알고 있어."

"흠. 높임말은 좀 더 조정해 봐야겠군. 하지만
뭐, 그 정도면 됐어."

셀레네는 흡족한 표정으로 말했다. 청년이 위
성 안으로 들어왔을 때 이미 셀레네의 기분은 풀
려 있었다. 청년이 셀레네의 방으로 미끄러져 들
어오는 솜씨는 흠잡을 데 없이 훌륭했고, 공중에
서는 깃털 소파에라도 앉는 것처럼 자연스럽게
정지했다. 셀레네는 이 꼬마가 자신과 비슷한 종
류의 인간이라는 것을 금방 알아차렸다. 중력이
아니라 우주에 묶인 인간이라는 것을. 지구의 중
력에 묶여 있는 사람이 이곳에 머물게 되면, 며칠
지나지 않아 얼굴이 부어오르고 뼈에서 칼슘이
빠져나간다. 그들은 고통을 견디지 못하고 어머
니의 품을 헤집어 찾듯이 아우성치며 지구로 내
려간다. 반대로 만약 셀레네가 지구로 내려간다
면, 당장 몸을 가눌 수 없는 것은 물론이고, 피가
아래로 몰려 빈혈을 일으키고, 뼈가 하중을 이기

지 못하고 조각조각 부서져 나갈 것이다. 무거운 대기의 무게를 이기지 못하고 심장이 아우성치고 몸이 짓눌려 버린다. 인간이 지구에 묶여 있듯이, 그녀는 우주에 묶여 있는 존재였다.

둥근 창으로 새파란 지구의 모습이 내려다보였다. 조국을 떠난 사람은 누구나 애국자가 된다고 하던가. 지구를 떠나 본 사람은 모두 애성(愛星)자가 된다. 항해는 구도의 길과 같다. 이름난 환경운동 가들은 대부분 항해사 출신이었다. 그들의 수가 인류의 수에 비해 너무나 적은 것이 문제였지만.

"지구는 이제 가망이 없어."

셀레네는 청년이 밖을 내다보는 것을 보며 중얼거렸다.

"네가 돌아왔을 때엔 이미 사람이 살 수 있는 별이 아닐 거야. 나도 늙었고 이 집도 곧 빈집이 되겠지. 이미 늦기도 했지만 나도 더 이상 아기를 만들 생각이 없어. 어차피 이젠 손님이 오지 않을 테니까. 내가 죽은 뒤에 이 집을 진공 상태로 만들어 놓으면, 내 책들은 좀 더 오래 보존할 수 있 겠지만, 그것도 영원하지는 않아. 너에게나, 나에게나, 이게 마지막 여행이 될 거다."

"그런 이야기는 오래전에도 들었어."

청년은 창에 시선을 꽂은 채 조용히 말했다.

"그래도 인류는 살아남을 거야. 동면하는 씨앗처럼, 때가 오면 다시 싹을 틔우겠지. 기억상실증 환자처럼 또다시 같은 일을 반복하겠지만."

"그럴지도 모르지."

셀레네는 어깨를 으쓱했다.

"문명의 죽음이나 한 사람의 죽음이나 비슷한 거야. 사람의 영혼이 윤회의 고리 속에서 다시 태어나는 것처럼, 문명의 영혼도 다시 태어나. 아이는 늘 부모보다 나이가 많아. 뇌는 기억하지 못해도 그 유전자에는 새겨져 있으니까. 인류는 조금씩 성장하고 있어. 언젠가는 영생하는 문명을 창조할 수 있을 정도로 성장할 거야."

이것 보게. 셀레네는 속으로 웃었다. 점점 이 꼬마가 마음에 들기 시작했다.

셀레네는 책상 뚜껑을 열어 용 문양이 새겨진 붙박이 컴퓨터를 꺼냈다. 그 안에는 지구에서 가장 상세한 우주지도가 입력되어 있었다. 셀레네의 고조할머니 때부터 만들어 왔던 지도였다. 은하지도를 모두 외우고 별과 별 사이의 복잡한 상호작용과 간섭효과, 시시각각 변하는 우주지도를 예측하여 새 항로를 개척할 수 있으려면 평생을 공부해야 한다. 그러므로 항해사인 항법사는 존재하지 않는다. 계산식을 모두 익혔을 때에 항법사는 여행을 떠나기엔 너무 늙은 나이가 되고 만다. 셀레네는 계산을 했고, 목숨이 아까운 줄 모르는 젊은이들의 우주선에 프로그램을 입력해 주었다. 그들의 절반은 완전히 절망한 사람들이었고, 다른 절반은 무엇에도 절망할 줄 모르는 사람들이었다.

"원하는 코스를 말해 봐. 어디든 계산해 줄 테니까."

청년은 조금 의아한 얼굴로 셀레네를 돌아보았다. 아직도 모르냐는 듯한 얼굴이었다.

"우주의 끝으로 가려고 해."

아무래도 내용상의 통역에는 문제가 없었던 모양이었다.

"좀 더 평범한 코스는 떠오르지 않는 거냐?"

청년의 눈빛에는 흔들림이 없었다. 통역기가 미친 것도 그가 미친 것도 아니었다. 청년은 분명한 목소리로 말했다.

"할머니가 할 수 있다는 걸 알고 있어."

"물론 할 수 있지."

셀레네는 투덜거렸다.

"하지만 대체 어디서 정보를 얻은 거냐? 단골 중에서도 단골손님밖에는 알려 준 적이 없는데. 어디서 해킹해 들어온 거냐?"

청년은 대답하지 않았다.

"왜, 지구에 정나미가 떨어진 인간이라도 있어? 예쁜 여자에게 실연이라도 당한 거야? 엄청난 죄라도 지어서 다신 못 돌아가게 된 거냐?"

반쯤 비웃으며 청년의 표정을 본 셀레네는 문득 그가 진실을 말하는 것 같다는 생각을 했다. 그는 실연이나 범죄는커녕, 그런 개념에조차 무지한 것 같았다. 그의 얼굴에는 어린아이 같은 열정과 노인 같은 피로가 동시에 나타나 있었다. 보통사람이 몇 세대를 거쳐도 다 겪지 못할 일들이 그의 인생을 스쳐 지나왔지만, 어느 한편으로는 태어난 모습 그대로, 인큐베이터 안의 무균상태 그대로 오염되지 않은 채 남겨져 버린 것처럼.

"미래로 가고 싶다면 10년이나 20년 뒤로 가. 알파 센타우리 정도로 다녀오든가 태양계를 다섯 바퀴쯤 돌고 와. 네가 싫어하는 것들은 모두 사라져 있을 거다."

청년은 대답하지 않고 지구를 내다보았다.

"하지만 이제 더 이상 미래로 가는 건 추천하지 않아. 전쟁도 너무 오래되었고 인간이 살 수 없는 곳도 너무 많아. 항법사들도 거의 일을 접었어. 돌아왔을 때 다시 여행을 떠날 수 있을지도 알 수 없어."

"알고 있어."

청년은 조용히 대답했다.

"그래서 다시 돌아오지 않아도 되는 여행을 떠나고 싶어. 가장 먼 코스로."

셀레네는 혀를 쯧쯧 찼다. 셀레네는 몇 번인가 그런 사람들을 본 적이 있었다. 그들은 물고기처럼 흘러 다닌다. 도착하는 것이 목적이 아니라 이동하는 것이 목적이다. 셀레네가 공간의 이동을 견디지 못하는 것처럼 그들은 멈춰진 공간을 견디지 못한다.

"뭐, 나야 달라는 대로 프로그램을 주면 그만이야. 네가 어디로 가든 내 알 바는 아니지. 하지만 우주의 끝이라면 공짜로는 안 돼."

"세상 어디를 가든 부족한 것은 있게 마련. 여기선 이게 없고, 저기선 저게 없다고 하는데 여기에는 돈이 없군.**"

그 문장은 그의 머릿속에서 나온 말이 아니었다. 셀레네는 뒤로 뒤집어질 듯이 놀랐다.

"어디서 그 문장을 알았지?"

청년은 셀레네의 책상 위를 가리켰다. 셀레네는 여전히 그가 무슨 말을 하려는지 깨닫지 못하고 있었다. 청년의 손가락이 셀레네의 책상에 찍찍이로 붙어 있는 책을 가리키고 있었다.

"내 배에 그 책이 있었어."

"거짓말 마라. 이 책을 갖고 있는 사람은 이 세상에 나뿐이야."

"천체의 구석구석까지 별자리의 운행과 시간

을 알고 계신 분이여. 내가 할머니를 속일 것 같아?**"

셀레네의 입이 벌어진 채로 얼어붙었다.

"그 책, 선불로 지불해 둔 거야. 릴리 할머니가 아이에게 말해 둘 테니 좀 나중에 오라고 했어."

"그러니까."

셀레네는 진정하기 위해 책상 서랍 속에서 씹는담배를 찾아 한 움큼 입에 물었다.

"《시간 여행자》로군."

청년은 고개를 끄덕였다.

광속 우주선이 만들어진 이래로 많은 사람들이 미래로 도망쳤다. 쉬운 일이었다. 10광년이나 20광년쯤 여행하고 돌아오기만 하면 되었다. 또 그중 많은 사람들이 범죄자였다. 항공법이 아직 느슨하게 적용될 무렵, 그들은 공소시효가 끝나는 미래를 향해 도망쳤다. 국제사회는 결국 민간 광속 비행을 금지하고, 등록번호가 없는 우주선이 항구에 내려서기만 하면 시대와 국가를 가리지 않고 조종사를 감방에 처넣었다. 결국 광속법

위반자들은 지구에 내려서지 못하고 다시 우주를 향해 날아갔다. 어찌어찌 몰래 지구에 착륙한 사람들도, 바뀐 시대에 적응하지 못하고 다시 미래로 도망쳐 버렸다.

셀레네도 몇 번인가 그런 사람들을 만난 적이 있었다. 그들은 무엇에 홀린 듯 끊임없이 미래를 향해 떠났다. 미래에는 뭔가 좀 더 나을 것이라 믿고. 현재에서 얻지 못한 것을 얻을 수 있으리라 믿고. 과거에서 온 사람들도 만났었다. 그들은 외계인처럼 모든 것을 두려워했고, 결국 현재라는 시공간을 견디지 못하고 미래로 떠났다. 물론 그곳에도 안식은 없을 것이다. 그들은 어느 곳에 내려서든지 다시 도망칠 테니까.

문제는 광속 우주선이 개발된 것은 50년 전이고, 이 책이 이 인공위성 안에 들어온 것은 최소한 100년 전이라는 것이다.

"몇 년도에서 온 거지?"

"지금 지구에서 쓰는 연도와는 기준이 좀 달라."

청년은 머리를 긁적이며 대답했다.

"크리스트의 탄생을 기준으로 하는 연도니까."

처음 듣는 단어였다.

"크리스트? 그게 뭐냐?"

"일종의 현신現神이라고 할까……. 지금 시대에는 남아 있지 않은 이야기야. 정확히 말하면 그것도 부모님 대의 이야기지. 나는 우주선 안에서 태어났으니까."

셀레네는 씹는담배의 향을 흐읍 빨아들인 뒤 청년의 얼굴을 살폈다. 그의 얼굴에는 의심할 수 없는 뭔가가 있었다. 어쨌든 거짓말이라는 개념조차 제대로 배워 본 적이 없는 듯한 분위기를 풍기는 녀석이었다.

오래된 전설이었다. 항법사들의 집에 플레이아데스 성계나 마젤란은하에서 가져온 운석이 떠돌고 있다는 이야기. 지구에서 처음 제조된 광속 우주선을 타고 내내 날아갔다가 와도 도저히 도착할 수 없는 거리에 있는 별에서 가져온 것들. 물론 대부분의 사람들은 흔히 있는 항법사들의 허풍이라고 일축했지만, 다소 낭만적인 역사학자와 그 운석을 직접 본 광물학자들은 믿었다. '유사有史 이전'의 역사에 사람들이 살았고, 그 시대에 광속 우주선도 있었다는 사실을. 그리고 그 시대의 여행자들이 지금도 떠돌고 있다는 것을.

"문명의 죽음은 한 사람의 죽음과 같아. 윤회하는 사람처럼, 기억을 잃고 다시 태어나고 다시 죽고, 같은 일을 반복해."

셀레네의 생각을 읽은 듯 그가 미소를 지으며 말했다.

"아이가 부모를 닮는 것처럼. 마치 사람의 무의식 속에 그 기억이 남아 있어, 옛날에 만들었던 것을 다시 만들어 내는 것 같아. 비슷한 것들이 생겨났고, 비슷한 일이 진행되었어. 편집이 조금씩 다른 같은 영화를 계속 돌려 보는 것처럼. 그래서 나는 이번에도 인류가 살아남으리라 믿어. 또다시 새로운 문명을 만들어 낼 거야. 그러니까 당신도 너무 비관적으로 생각하지 마."

셀레네는 주름진 눈을 크게 떴다가, 다시 의심에 차서 깊게 주름을 잡았다가, 상념에 빠졌다가, 정신을 차리려고 머리를 흔드는 일을 반복했다.

"항상 지구로 되돌아오는 거야? 왜 프로그램을 한 번에 다운받지 않지?"

"내 시대에 존재하던 항로는 모두 가 보았어. 새로운 항로를 받으려면 다시 오는 수밖에."

그렇구만. 셀레네는 고개를 끄덕였다.

"그러면 희한하게 시간을 맞춰서 온 셈이로군. 어떻게 항법사가 있는 시대를 맞춰서 온 거야? 뭐……, 예측하는 방법이라도 있나?"

청년은 고개를 저었다.

"기다리는 것뿐이야. 이번에는 태양계를 돌며 2만 년이나 기다렸어. 다시 인간이 우주로 진출할 때까지. 너무 오래 걸려서, 이번에는 다시는 인류가 우주를 돌아보지 않을 줄 알았어."

셀레네는 가슴을 붙잡고 한숨을 푸욱 쉬었다. 아무래도 심장에 안 좋은 손님을 맞은 모양이었다.

"프로그램은? 네 시대에도 우리와 같은 프로그램을 쓴 거야? 무선 주파수는? 포트 구멍 모양은 어떻게 맞추는 거지?"

"그래서 광속 우주선의 정보는 늘 내가 제공했어."

셀레네는 침착하려고 노력했다.

"언제나는 아니야. 어느 때는 내가 하지 않았는

데도 맞춰져 있을 때도 있었어. 그럴 때에는 다른 시간 여행자가 먼저 왔다 갔다는 걸 알았지."

청년은 죄라도 지은 것처럼 고개를 숙였다.

"나만 이런 일을 하고 있는 건 아니라는 거야."

청년은 창밖을 내다보았다.

"어느 때에는 완전히 얼어붙은 얼음 행성으로 돌아올 때도 있어. 지구를 다 돌아도 겨우 몇 부족의 사람들을 발견할 때도 있어……. 그럴 때엔 지구에 내려 그들을 보호해 주기도 해. 안 그러면 인류가 영영 사라져 버릴지도 모르니까. 불이나 문자를 가르쳐 준 적도 있고, 농사짓는 법을 가르쳐 준 때도 있어. 오래 머물 수는 없었으니까 바로 길을 떠났어. 밭에 씨를 뿌려 놓고 싹이 트기를 기도하며 도망쳐 버리는 농부처럼."

청년은 다시 고개를 숙였다. 깊은 슬픔이, 셀레네가 상상할 수도 없는 경험에서 비롯된 슬픔이 그의 눈에 담겨져 있었다. 그의 눈동자 속에는 수도 없이 멸망했던 인류의 모습이 심어져 있었다. 불타 버린 초목과 사막이 되어 버린 대지가, 지진과 해일, 화산 폭발과 전쟁으로 재가 되어 버린 도시의 풍경이 흘러내렸다.

"나는 옛날에는 내 덕분에 인류가 존속하고 있다고 생각했어……. 하지만 요즘에는 다른 생각이 들어. 인류가 같은 죽음을 반복하는 건 나 때문일지도 몰라. 내가 관여하지 않는다면, 조금 더 늦기는 해도 좀 더 다른 방식으로 문명을 발전시킬지도 몰라."

셀레네는 묵묵히 청년의 얼굴을 살폈다.

"그래서 다시 돌아오지 않으려는 거냐?"

청년은 대답하지 않았다.

셀레네는 어깨를 들썩였다.

"어쨌든 대금을 치렀다면 할 수 없는 일이지. 어머니께서 외상이 있다고 유언까지 하셨으니까. 프로그램을 입력해 주겠어."

"이건 20년 전에 이곳에 들른 어느 미친 과학자의 주문으로 만든 프로그램이야."

셀레네는 연필과 마분지를 꺼내 들며 말했다. 청년은 손가락으로 슬쩍 벽을 밀어 셀레네의 책상으로 날아왔다.

"마젤란 같은 사람이 되고 싶어 했지. 무슨 뜻인지 알겠어?"

"아."

청년은 고개를 끄덕였다.

"이 통역기는 상징적인 이름이나 전문용어도 내 시대의 용어로 통역해 주거든. 알아들었어."

"내가, 대체 뭐 하러 가느냐고, 돌아왔을 때엔 환호해 줄 군중도 사진을 찍을 기자도 없을 거고, 뉴스위크지에 얼굴이 실릴 수도 없을 거라고 했더니, 과학적 탐구는 누구에게 자랑하기 위해서 하는 것만은 아니라고 하더군. 인간의 위대한 호기심을 충족하기 위해서도 필요한 거라는 거야."

청년은 동감하는 미소를 지었다. 셀레네는 연필을 굴리며 말했다.

"어디 보자……. 빛이 곡선 진행을 한다는 건 알고 있겠지?"

청년은 잠깐 고민했다.

"알고 있는 것도 같아."

"알고 있는 것도 같다는 건 또 뭐냐?"

셀레네는 혀를 쯧쯧 찼다.

"공과 비슷한 거야. 공은 이론상 2차원 전개도가 없는 3차원 물체야. 생각해 보면 상식적으로 존재할 수 없는 물체지. 이 우주도 그와 같아. 그러니까 지구에서 출발해서 똑바로 가면."

셀레네는 마분지 위에 원을 하나 그렸다.

"다시 지구로 돌아오게 되는 거다."

그때 청년의 표정을 본 셀레네는 이상한 기분을 느꼈다. 청년은 처음으로 '낯선' 것을 본 듯한 얼굴을 하고 있었다. 마치 '우주의 끝으로 가는 프로그램'이라는 것은 그 시대의 우주관을 반영한다는 사실을 처음으로 깨달은 듯한 표정이었다.

"좋아."

청년은 뭔가와 타협한 듯한 표정으로 대답했다.

"문제는 이거야. 다시 돌아왔을 때, 그곳이 지구인지 확인할 수 있는 방법이 없어. 태양도 지구도 50억 년 뒤에는 꺼지든가 불타 버리든가 폭발해 버리든가 하니까. 태양계도 이미 사라져 있을 거고, 은하계도 마찬가지야. 안드로메다은하와 합쳐져서 완전히 다른 것이 되어 버리든가, 아니면 은하계 자체가 사라져 버릴 수도 있어. 새 은하가 생겨날 수도 있고, 지구가 있던 자리에 새로운 항성계가 생겨날 수도 있지. 분자 하나, 원자 하나까지 같은 게 없는 거야. 비교할 수 있는 기준이 아무것도 없지. 우주지도 같은 건 쓸모도 없고. 뭔가 표지판을 만들어 놓는다고 해도 그때는 이미 분해되어 남아 있지 않을 테니까."

청년은 고개를 끄덕였다.

"그래서 나는 생각해 봤지. 그 시대까지 존재할 수 있는 것은 오직 광속으로 이동하는 물체뿐이라고."

청년은 이번에는 더 크게 고개를 끄덕였다.

"그래서 나는 지구에서 반대 방향으로 출발하는 쌍둥이 우주선을 생각했어. 두 우주선은 서로 상대를 식별할 수 있는 전파를 발산하면서 반대 방향으로 출발하는 거다. 똑같은 프로그램과 똑같은 속도로."

셀레네는 양손에 연필을 잡고 원의 한쪽 끝에서 반대 방향으로 선을 그어 갔다. 두 연필은 원의 반대쪽 끝에서 만났다.

"두 우주선이 다시 만나는 지점이, 바로 그곳이

지구에서 본 우주의 끝이 되는 거다. 우주상에서 본 지구의 반대점이지."

청년은 조금 감동한 눈치였다.

"광속으로 나는 우주선은 도중에 장애물을 만나 방향이 꺾일 염려는 없어. 알고 있겠지?"

"음."

우주선은 광속에 진입하게 되면 다른 차원에 걸쳐진다. 그렇게 알려져 있다. 만약 아니라면, 성간물질과 수소원자에 부딪쳐 파괴되어 버릴 테니까. 광속 우주선이 최고 속도에서 무언가와 부딪쳤다는 이야기는 들어 보지 못했다.

"그런데 그곳에 도착할 때까지 어떻게 내가 살아 있을 수 있지?"

"최대 속도까지 가속해. 가속하는 데 1년쯤 걸릴 거다."

"부모님은 5년간 가속해 본 적이 있어."

"오호."

"가속에는 결국 한계가 있어. 질량이 속도에 비례해서 증가하니까. 최대로 가속하면 광속보다 1년에 겨우 1미터 뒤처질 만큼 근접하지만 그래도

광속은 아냐. 시간이 거의 정지하지만 정지하지
는 않아. 시간 압축률이 2억 5천만 분의 1에 이르
게 되지만, 그래도 흐르기는 해."

"물론이지."

청년은 고개를 들었다.

"시간이 2억 5천만 분의 1로 흘러도, 내가 살아
있는 동안 우주를 한 바퀴 돌 수는 없잖아?"

"어째서? 우주의 끝까지는 50억 광년이야. 감
가속 시간을 제하면 가는 데 겨우 20년이야. 네
나이로는 충분히 갈 수 있어."

청년은 한참 동안 2억 5천만 분의 1로 시간이
정지해 있었다.

"뭐?"

청년이 천천히 가속하며 입을 열었다.

"50억 광년이라고. 너희 시대에선 천문학 시간
에 뭘 가르치는 거냐?"

청년은 다시 혼란스러운 얼굴이 되었다.

"잠깐……. 어째서 그런 이론이 생겨난 거지?
이 시대의 기술로도 130억 년 밖의 천체를 볼 수
있을 텐데?"

"물론 볼 수 있지. '거울 영상'을 말하는 거지?"

청년은 완전히 당황한 것 같았다. 둘은 서로의 지식이 어긋나는 것을 알고 한참 서로를 마주 보았다.

"네 시대에서는 알려져 있지 않은 거냐?"

"거울 영상이라는 게 뭐지?"

"그런 질문엔 대답해 본 적이 없는데."

셀레네는 '대서양과 태평양이 어느 점에서 갈라지나요'라든가 '북극이 북극에 있다는 것은 어떻게 알게 되었나요' 라든가 '사람의 마지막 어금니가 콧구멍에서 얼마나 떨어져 있나요' 같은 질문을 받은 기분으로 말했다. 셀레네는 연필로 마분지를 톡톡 두드렸다.

"생각해 봐라. 평행이 아닌 두 직선은 그 각도가 아무리 작다고 해도 언젠가는 서로 만나게 되지?"

청년은 고개를 끄덕였다.

"그리고 모든 곡선은 곡률이 일정하면 언젠가는 원을 그리게 돼. 빛이 계속 진행하다 보면 언젠가는 한 바퀴 돌아 제자리로 돌아오게 되는 거야. 그게 뭘 의미하는지 알겠나?"

청년은 고개를 저었다.

"수십억 광년 밖의 우주는, 사실 거울에 비친 우리 자신의 입체 영상이란 이야기야."

청년은 한참 동안 셀레네를 마주 보았다.

"자, 봐라. 여기 원 위에 사람이 하나 산다고 생각해 봐라. 그리고 빛이 공 위를 회전한다고 생각해 봐. 그럼, 네가 망원경으로 저쪽을 보게 되면 망원경은 지면을 한 바퀴 돌아서 바로 네 뒤통수를 비추게 될 거다."

셀레네는 공 위에 사람 하나를 간단히 그리고, 공 바깥쪽에 점선의 원을 하나 그렸다.

"물론 그게 너라는 것은 결코 알 수 없지. 망원경에 비치는 건 어린 아기일 테니까. 빛이 한 바퀴 돌아 제자리로 돌아왔을 때는, 그곳이 우리 자신의 영상이라는 것을 비교할 수 있는 그 어떤 것도 남지 않으니까. 별과 은하는 물론이고, 성간 구성 물질, 분자와 원자 하나하나까지 같은 것이 없을 테니까. 그런 것을 같은 공간이라고 부를 수는 없지. 50억 광년 떨어진 곳에서 이 태양계를 본다면 어떤 모양이겠어? 아무리 배율이 높은 망원경으로 보아도 관측할 수 있는 것은 기껏해야 태양뿐이야. 하지만 50억 년 전의 태양계에는 태양조차 없었어. 지구는 말할 것도 없지. 직접 날아가서 보려고 해도, 도착했을 때는 다시 50억 년이 지나 버리니까. 그 자리에 있는 건 항성이 폭발하고 남은 먼지 구름, 아니면 블랙홀, 아니면 완전히 다른 계界야. 100억 년의 변화를 계산할 수 있는 기준은 없어. 우주의 모든 것이 예측할 수 없는 방향으로 변하게 되니까. 그래서 우리에게 이 우주는 무한한 거다. 자신이 있던 곳으로 되돌아와 봤자, 그곳은 완전히 다른 세계니까. 우주는 서로 마주 보고 있는 거울 같은 거라고 보면 돼. 수십만 개의 거울이 무한히 서로를 비추는 거야. 우주가 멀어질수록 조밀해지는 이유는, 거리가 멀어질수록 빛이 비추는 영상이 늘어나기 때문이야."

청년은 한참 동안 셀레네의 얼굴을 보았다.

"그러니까 그게 이 시대의 우주관이로군."

"이 시대의 우주관이라니, 무슨 소리를 하는 거냐?"

셀레네는 기겁을 했다. 청년은 생각에 잠긴 얼굴이 되었다.

"그런데 어떻게 알게 된 거지?"

"무슨 소리야?"

"비교할 수 있는 것이 아무것도 남지 않았는데, 그게 우리 자신의 영상이라는 것은 어떻게 알지?"

"이런, 넌 아까 뭘 들은 거냐? 빛이 곡선 진행을 한다고 말했잖느냐. 빛이 곡선 진행을 한다면 당연히 우주에 우리의 영상이 비치겠지."

청년의 눈 속에서는 '아하, 그랬었지.', '어라, 그런데…….', '잠깐, 그렇지만…….' 같은 말들이 맴돌고 있었다.

"그럼 빛이 곡선 진행을 한다는 건 어떻게 알았지?"

셀레네는 지구가 태양의 주위를 돈다는 사실과 태양이 지구로부터 1억 5천만 킬로미터 떨어져 있다는 사실은 어떻게 알았더라 하고 한참을 고민했다.

"도플러 효과 때문에."

셀레네는 청년이 알아들을 거라고 생각하지 않

고 말했다. 청년은 이번에는 정말 놀란 것 같았다.

"도플러 효과라고. 그건 알고 있나?"

"잠깐, 내 통역기가 제대로 통역했는지 모르겠는데. 도플러 효과라고 했어?"

"내가 말한 것과 비슷하게 들리는데."

"참, 이 녀석은 전문용어까지 바꿔 주니까. 좀 더 자세히 설명해 주겠어?"

"우주가 멀어지는 것처럼 보이는 현상을 말하는 거야. 그리고 멀리 있는 우주일수록 더 빠른 속도로 멀어지지.*"

"좋아. 대강 비슷하게 통역된 것 같아."

청년의 눈이 다시 '그러니까', '그런데', '그래서 뭐가' 같은 말들을 지껄였다.

"그런데 그게 빛이 곡선 진행을 하는 증거라고 했어?"

"물론이지."

셀레네는 불쌍한 눈으로 고대인을 바라보며

---

* 실제로는 파장을 내는 쪽과 파장을 관찰하는 쪽이 가까워지거나 멀어질 때 파동의 주파수가 달라지는 현상을 말함. 셀레네의 세계에서는 휘어진 공간도 파장의 변화를 일으킨다고 생각하고 있는 것임.

덧붙였다.

"생각해 봐라.《우주가 팽창할 리가 없잖아.》"

청년은 오만 가지 생각이 맴도는 얼굴로 셀레네를 마주 보았다.

"아."

청년은 여러 가지로 해석될 수 있는 발음을 했다.

"허블(이 단어에서 청년은 다시 당황한 표정을 지었다)의 계산식을 그대로 적용하면, 우주가 어느 이상 멀어지게 되면 광속 이상의 속도로 별이 날아가게 되지. 그러니까 그건 진짜가 아니야. 그렇게《보이는》거지."

"그래."

청년은 다시 여러 가지로 해석될 수 있는 표정을 지었다.

"그럼 왜 그렇게 보이지?"

셀레네는 손가락을 빙글빙글 돌리며 머릿속의 도서관을 뒤졌다.

"이렇게 생각해 봐라⋯⋯. 지구 위에서 차를 타고 달리면서 먼 곳의 경치를 보면, 멀리 있는 물체일수록 느리게 움직이고, 그리고 서로 가까이 있는 것처럼 보이지?"

청년은 고개를 끄덕였다. 셀레네는 종이 위에 간단히 그림을 그렸다. 아래쪽에는 굵고 긴 직선을 그렸고, 그 뒤로는 좀 더 가늘고 짧고 모여 있는 직선을, 그 뒤에는 더 가늘고 짧고 더 모여 있는 직선을 그렸다. 그러자 그 그림은 멀어지는 풍경처럼 보였다.

"지구 위처럼 가까운 거리에선 빛이 거의 직선이기 때문에 그렇게 보이는 거야. 하지만 별과 별 사이처럼 거리가 멀어지면 그 현상이 거꾸로 일어나게 되는 거다. 빛이 굽어 있기 때문에, 멀리 있는 물체일수록 빨리 움직이고, 더 멀어지게 되는 거야. 뭐라고 할까. 경도와 위도가 그려진 깔때기 안에 들어가서, 깔때기 구멍에 서서 보는 것 같이 되지. 메르카토르 도법에서 일어나는 일과 비슷한 거야."

청년의 얼굴을 보니 통역기가 또 뭔가 이상한 단어를 전해 준 모양이었다.

"원형으로 굽어져 있는 세계를 평면지도로 옮

겨 놓으면, 그린란드가 북아메리카보다도 커지지. 지구에서 우주를 보았을 때도 같은 일이 일어나는 거야. 결국 인간의 눈이 보는 것은 평면에 불과하니까. 만약 빛이 지구의 표면을 곡선으로 진행해서, 남극에서도 북극을 볼 수 있다고 생각해 봐라. 그러면 북극의 한 점이 네 주위를 온통 둘러싸게 되겠지. 실제 크기는 한 점이지만, 눈으로는 무한히 크게 보일 거야."

청년은 잠시 생각해 보다가 입을 열었다.

"시력으로 볼 수 있는 것은 아닐 텐데."

"원리는 비슷한 거야."

"우주가 팽창하고 있다는 생각은 해 본 적 있어?"

그 질문에 셀레네는 기분이 나빠졌다. 전 세기에 이미 사라져 버린 팽창론자 취급을 하다니.

"그런 이론도 있었지. 오래전의 일이야. 사람들은 항상 눈에 보이는 대로만 믿으려 하니까. 사람들이 얼마나 오랫동안 태양이 지구의 주위를 돈다고 믿었어?"

셀레네는 말을 이었다.

"시각이란 결국 빛이 인간의 안구에 쏘아 주는

영상에 불과한 거야. 빛의 장난에 의해 투영되는 환상이며, 현상을 비추는 그림자. 실제 세계의 왜곡된 이미지이지. 파리는 세상을 육각형의 조합으로 알고 있고, 소는 세상을 흑백으로 생각하지. 만약 파리가 진화했다면 세계를 구성하는 육각형의 정체를 알아내기 위해 고심했을 거다. 소가 진화했다고 해도 평생 신호등 같은 건 만들어 내지 못했겠지. 눈에 보이는 대로 믿어서는 안 돼. 세상을 제대로 인식하고 싶다면 눈에 보이는 영상보다는 인간의 신경계와 빛의 성질을 연구해야 해. 중요한 건 '왜 그렇게 보이는가' 하는 거지, '어떻게 보이는가'가 아니야."

청년은 조용히 듣고 있다가 고개를 끄덕였다.

"그게 이 시대의 철학이로군."

"철학이라니, 정말이지……."

청년은 미소를 지었다.

"할머니 말이 맞아. 같은 것을 보고도 사람들은 매번 다른 생각을 하니까."

그는 생각에 잠긴 얼굴로 말했다. 그의 얼굴에는 고요한 것을 넘어서 적막寂寞이 감돌고 있었다. 마치 그 자신이 침묵의 우주의 일부분인 것처럼. 옆에 있는 사람의 머릿속까지 침묵에 잠겨 버릴 듯한 깊은 적막이 그의 눈 위에 흘러내렸다.

"시간은 차원과 같아. 다른 시간대는 다른 차원에 걸쳐져 있어. 겨우 10년이나 20년 만으로도 세상은 완전히 다른 것으로 바뀌어 버리니까. 만 년이나 2만 년은 말할 것도 없어. 당신 말대로 100억 년이 지나면……."

청년은 소리 내어 웃었다.

"그건 같은 세계라고 말할 수 없을 거야. 공간이 아니라 시간이 세계를 바꿔 놓은 거지. 우리는 같은 공간에 있다고 생각하지만, 사실은 아닐지도 몰라. 나는 계속 지구로 돌아왔다고 생각하지만, 사실은 이미 다른 우주로 들어와 버린 것 같아."

"여러 가지로 감사했습니다."

우주선에 옮겨 탄 청년은 홀로그램을 통해 인사했다. 그는 통역기에서 흘러나오는 소리를 들으며 목을 톡톡 건드렸다.

"너무 예의 바르게 고친 건 아니겠죠?"

"아냐, 아냐. 아주 좋아."

셀레네는 만족한 얼굴로 고개를 끄덕였다. 청년은 몇 가지 단어를 발음해 보더니 걱정스러운 얼굴로 말했다.

"너무 얌전해 보이지 않았으면 좋겠는데."

"누구에게?"

"글쎄요."

마치 앞으로 갈 길에도, 인류는 살아남아 다시 그의 앞에 나타날 거라는 것처럼, 청년은 낙천적인 얼굴로 대답했다. 문득 어떤 생각이 머리를 스쳐 가, 반쯤은 호기심으로, 반쯤은 어쭙잖은 인류애적인 사명감에서 셀레네는 입을 열었다.

"한 가지 묻고 싶은 게 있는데."

"예?"

"저 밖에 어딘가 인류가 살 만한 별은 없어?"

청년의 눈빛이 조금 슬픈 빛을 띠었다.

"있었어요."

청년은 과거형으로 말하고 있었다. 셀레네는 청년의 표정을 해석하지 못하고 말했다.

"가르쳐 줄 생각은 없어?"

"가르쳐 준 적이 있었어요. ……5만 년쯤 전이었지만요."

셀레네는 잠시 입을 다물었다.

"잘 안 됐었나 보지?"

"영화 테이프를 하나 더 복사한 것 같았어요."

만약 어린 신이 있어, 셀레네의 앞에 내려와 이야기하고 있다면 그와 비슷한 표정을 지을 것 같았다.

"같은 역사가 두 개의 별에서 이중으로 진행되었어요. 마치 평행우주를 하나 만들어 낸 것처럼. 도시가 만들어졌고, 멸망했고, 살아남은 사람들이 원시시대에서부터 다시 시작했어요. 다시 갔을 땐 그곳도 인간이 살 만한 행성이 아니었어요."

"인간은 어딜 가든 마찬가지야."

예상한 일이라는 듯 셀레네가 중얼거렸다.

멀어져 가는 우주선을 바라보던 셀레네는 갑자기 꿈에서 깨어난 것처럼 중얼거렸다.

"내가 뭘 만난 거지?"

셀레네는 머리를 붙잡았다.

"바보 같은 짓을 했어. 저 녀석이 계속 지구로 돌아와 줘야 인류가 계속 살아남을 수 있을 텐데. 저 녀석은 항법사를 찾기 위해 올 때마다 인류의 문명을 일으켜 세워 놓을 텐데. 이번에는 정말로 끝장 날지도 몰라."

머리를 잡고 한참 당혹스러워하던 셀레네는, 우주선에 앉아 있던 청년의 행복한 얼굴을 떠올리고는 한숨을 쉬었다.

"아냐, 아냐. 그 녀석 말대로야. 과거를 건드리는 것처럼 미래를 건드리는 것도 공정한 일이 아냐. 나라에서 괜히 광속 비행을 금지하는 게 아니지. 그래. 이제야 제대로 된 거야. 그러고 보니 저 녀석은 나를 만나러 수백만 년을 여행했다지 않아. 마지막 손님으로는 괜찮았어. 지구가 사라진 뒤에도 내 프로그램이 우주를 여행하고 있을 테니까. 얼마나 멋진 일이야."

셀레네는 의자의 버튼을 눌러 공기를 조금 뿜어내며 책상으로 이동했다. 그녀는 360도 회전하게 되어 있는 의자에 등을 기대고, 무중력의 부드러운 공간에 몸을 맡기며 책의 마지막 페이지를 펼쳤다.

** 내가 지상에 산 흔적은

　영원히 멸망하지 않을 것이다.

아무렴.

새파란 지구가 점점 시야에서 멀어져 갔다. 그리고 태양이 멀어져 갔고, 태양계가 그의 시야에서 사라져 갔다. 모든 것은 결국 하나의 점이 되었고, 시간 너머로 사라져 갔다. 이미 그 늙은 항법사는 수명을 다했을 것이다. 되돌아갔을 때는 그 성채도 사라져 있을 것이고, 완전히 다른 것이 그 자리를 메우고 있을 것이다.

성하星河는 허공에 누워 항법사의 말을 떠올렸다. 이곳은 다른 차원일지도 모른다. 어쩌면 다른 규칙과 다른 궤도에 의해 움직이는 세계일지도 모른다. 시간과 공간은 같은 것이다. 시간을 거치지 않고 그 누구도 공간을 이동하지 못한다. 공간을 이동하는 사람은 누구나 시간을 흘려보낸다. 그가 살았던 세계는 이미 어느 차원에서인가 소멸했을지도 모른다……. 그는 그렇게 생각하며 눈을 감고 조용히 잠을 청했다.

두 번째 이야기(혹은 첫 번째 이야기) :

承 — 하늘에서 내려온 이들이 해야 할 일

承(승) : 받들다. 공경하여 높이 모시다. 계승하다.

사람들이 농기구를 내던진 채 열을 지어 무릎을 흙바닥에 박고 머리를 조아리자, 성하는 조금 당황했다. 저번에 불시착했을 때는 UFO로 몰려 경찰의 추격을 피하느라 진땀을 뺐기 때문이었다. 그는 자욱한 연기를 뿜으며 땅 위에 내려선 자신의 모습 어디에서 그들이 신神의 모습을 연상했는지 궁금해했다.

틀림없이 이전에 비슷한 것을 본 일이 있는 것이다. 그리고 그들에겐 그 '비슷한 것'을 신으로 믿을 만한 일이 있었을 것이다. 다른 불시착한 우주선이 그들이 싫어하는 늙은 족장의 머리 위에 내려앉기라도 했을까? 아니면 숲 위에 떨어져 그들이 생전 처음 보는 거대한 산불이라도 일으켰을까?

　그들 중 용기 있어 보이는 자가 앞으로 걸어 나오더니, 정중하게 허리를 굽히며 따라오라는 신호를 했다. 성하는 우주선을 돌아보았다. 그 시선이 무언의 명령이라도 되는 양, 꿇어앉은 줄에서 건장한 체격의 두 사람이 벌떡 일어나더니, 뚜벅뚜벅 걸어가 우주선의 양옆에 자리를 잡았다. 놀랍게도 이들은 하늘에서 내려온 사람이 무엇을 가장 소중히 여기는지 알고 있는 것 같았다. 성하는 우주선을 그들에게 맡겨 두기로 했다. 어쨌든 《에키온》의 식량을 구하기 전에는 배는 움직이지 않을 것이고, 자신의 힘으로 배를 들고 나를 수도 없는 일이었다. 성하는 말없이 그를 안내하는 사람의 뒤를 따랐다.

　걸음을 옮기는 것은 고통스러웠다. 한 달 동안 가속도의 변화로 중력을 만들어 몸을 적응시켰는데도 불구하고, 지구의 중력은 끔찍하도록 무거웠다. 몸 속을 돌아다니는 나노봇들이 정신없이 활동하며 근육과 뼈에 화학제를 뿌리는 바람에, 발을 땅에 내려놓을 때마다 부글거리는 용암 속에 다리를 담그는 기분이었다. 다행히 앞서 가는 사람은 자신을 배려해서인지, 아니면 성스러운 존재를 인도하는 자신의 모습에 취해서인지, 스님들처럼 천천히 발을 떼고 있었다.

태양빛은 불처럼 대지에 쏟아졌다. 끝도 없이 펼쳐진 황금색 논밭 끝에 새파란 하늘이 걸려 있었고, 멀리서는 풍차가 돌고 있었다. 추수기인 것 같았다. 어린아이부터 노인들까지 들판에 나와 즐겁게 땀을 흘리고 있었다. 성하는 자신도 모르게 그 아름다운 들판 위로 차가운 얼음을 덮어 보았다. 멀리 보이는 산 위에 거대한 빙벽을 덧씌워 보았다. 웃고 있는 사람들의 얼굴에서 웃음을 지워 보았다. 사람들은 가벼운 모시옷 대신 짐승의 가죽으로 된 두꺼운 옷으로 머리까지 감싸고 있었다. 그들이 조금이나마 온기를 얻는 방법은 서로의 체온에 기대는 것뿐이었다. 이쪽 지평선에서 저쪽 지평선까지 들이마시기만 해도 목숨을 앗아 가는 눈보라가 몰아쳤다. 먹을 것은 떨어졌고 사냥할 짐승도 사라져 가고 있었다. 살아남기 위해서는 서로를…….

아이들의 웃음소리가 들려 성하는 환상에서 깨어났다. 황금색 들판 한가운데 거대한 석조 건물이 솟아 있었다. 높이가 20미터는 되어 보이는 거대한 것으로, 고대 잉카와 마야의 신전에 여러 문명의 건축양식을 합쳐 놓은 것 같은 건물이었다. 신전 앞을 지키는 괴수는 스핑크스 모양이었고, 그 양옆에 서 있는 것은 인디언의 토템폴 같았다. 꼭대기까지 긴 계단이 이어졌고, 계단 양옆으로는 십이지의 동물들을 상징하는 기둥이 줄지어 서 있었다.

바윗덩이 같은 중력을 등에 업고 계단을 올라갈 생각을 하자 정신이 아득해졌지만, 다행히도 계단 아래층에서 석문이 옆으로 갈라졌다. 틀림없이 이 우스꽝스러운 건물에 사는 사람도 저 계단을 매일같이 오르락내리락하고 싶지는 않았으리라. 석문 양옆으로는 발끝까지 흘러내리는 복장을 한 중들이(머리를 깎은 것으로 보아 그렇게 보였다.) 머리를 팔 사이에 깊이 숙인 채 서 있었다. 성하는 이들이 자신을 맞을 준비를 하고 있다는 사실에 적잖이 당황했다. 자신을 이끌던 사람이 천천히 걸었던 이유는, 아마도 전령을 미리 보내서 자신을 맞을 준비를 하기 위해서였던 모양이었다. 미리 연습했다고밖에는 볼 수 없을 정도로 체계적이었다. 그를 안내한 사람은 뒤로 빠지며 들어가라는 신호를 했다. 이 안으로 들어가는 것은 그에게 금지되어 있는 모양이었다.

성하는 이대로 뒤돌아 반대쪽으로 걸어간다면 사람들의 표정이 어떻게 바뀔지 궁금했지만, 일단은 실험하지 않기로 했다. 복도의 양편으로는 햇불이 담긴 항아리가 불타고 있었고, 벽에는 신들의 이야기를 그린 듯한 부조가 새겨져 있었다. 그중에는 우주선을 타고 내려오는 태양신의 모습도 있었다. 좀 더 가까이서 보고 싶었지만 걸음을 멈출 자신이 없었다.

사람들이 단 앞에 멈춰 서자, 기다리고 서 있던 사람이 북을 울렸다. 그것이 신호였는지 사람들이 일제히 손바닥을 위로 한 채 땅바닥에 엎드렸다. 성하는 엎드릴 이유를 알지 못했기에 그대로

서 있었다. 북이 다시 울리며 문이 열리고 단 위에 거대한 푸른 불꽃이 떠올랐다. 자세히 보려고 했지만 눈이 부셔서 잘 보이지 않았다.

"이름은?"

기괴한 목소리가 천장에서 들렸다. 성하는 자신의 귀를 의심했다. 멀고 먼 옛날 이 지구상에 존재했던, 지금은 흔적도 없이 사라진 문명의 언어가 귀에 들어왔기 때문이었다.

"이름은?"

땅에 엎드린 사람들은 바들바들 떨고 있었다. 그 언어에서 불칼이라도 튀어나와 그들의 머리에 꽂히기라도 할 것처럼. 잠깐 주위를 둘러본 성하는 벽에 붙어 있는 조그만 스피커를 발견할 수 있었다. 불꽃 주변에 일렁이고 있는 노이즈로 보아, 불꽃은 홀로그램으로 만든 영상인 것 같았다.

"성하."

성하는 일단 입을 열었다. 잠시 조용하다가 영상기가 핏 하고 꺼졌다. 불꽃이 사라지고 문이 닫혔다.

아무래도 그것이 시험이었고 성하는 합격한 모

양이었다. 이어서 여자들이 모여들어 성하를 목
욕탕으로 안내했고, 옷을 갈아입혔고, 침대가 있
는 방에 눕혔고, 그 황금빛 들판에서 수확한 것이
분명한 음식을 줄줄이 들고 왔다. 성하는 목욕은
했지만 음식에는 손을 대지 않았다. '맛'에 맛을 들
인다는 것이 얼마나 위험한 일인지 알고 있었고,
또 오랫동안 제대로 쓴 적이 없는 소화기관이 어
떻게 퇴화해 버렸을지도 알 수 없었기 때문이었
다. 그는 그곳에서 며칠을 보내며 자신의 언어를
아는 그 사람이 다시 자신을 부르기를 기다렸다.
오래 기다리지는 않을 거라고 생각했다. 호기심
을 견디기 힘든 사람은 자신만이 아닐 터였으니.

　사흘이 지난 뒤에 성하는 눈을 가린 채 꼬불꼬
불한 계단을 올라 어느 방으로 안내되었다. 문은
높았고 장미꽃 조각으로 — 아마 이 풍토에서 자
라지 않을 꽃으로 — 장식되어 있었다. 문의 오른
쪽에는 세 개의 머리가 달린 개의 석상이 있었고,
그 뒤로는 중갑옷으로 무장한 남자가 서 있었다.
왼쪽으로는 튜닉을 입고 조개 위에 서 있는 여자

의 석상이 서 있었다. 군신軍神과 미의 여신께서는 서로 사랑이라도 나눈 전력이 있다고 치지만 케르베로스라니. 아무래도 이 석상의 배치를 지시하신 분께는 이 훌륭한 조각을 완성한 사람만큼의 감각도 없는 듯했다. 두 석상이 지구를 사이에 둔 두 별을 상징한다면 또 칭찬할 법도 했지만, 가운데 선 문의 장미 조각을 보아 그런 의미도 아닌 듯했다. 성하는 이 잊힌 신화의 잔해들이 이 세계에서는 어떤 형태로 전해지게 될지 궁금해졌다.

문이 스르륵 열리는 바람에 성하는 조금 놀랐고, 성하를 데려온 사람들은 겁에 질려 뒤로 물러났다. 안으로 들어서자 문은 다시 저절로 닫혔다. 성하는 문 옆에 장치된 몇 개의 톱니바퀴가 움직이는 것과 밧줄과 도르래가 천장을 타고 지나가는 모습을 물끄러미 바라보았다.

내부는 거대한 홀이었다. 아치형의 천장에 기둥마다 횃불이 타올랐고, 아래를 내려다볼 수 있도록 안쪽은 발코니와 같은 형태로 만들어져 있었다. 시간이 늦어 달빛이 희미하게 쏟아져 내렸다.

방 중앙에는 스무 명은 앉을 수 있을 듯한 긴

식탁이 있었고, 식탁 위에는 스무 명은 배불리 먹을 수 있을 듯한 음식이 따끈따끈한 김을 피워 올리고 있었다. 식탁 끝에는 한 사람이 앉아 있었다. 식탁에 가까이 다가선 성하는 왜 그가 불꽃 뒤에 숨어 사는지 알 것 같았다. 그는 꼭 서커스단의 광대처럼 보였다. 등에는 싸구려 나이트클럽 간판 같은 요란한 기계장치가 붙어 있었다. 직접 손으로 만든 것 같았는데, 그렇게 따지면 제법 창조적이라고 볼 만도 했다. 자동차 배기관 같은 파이프가(아마 연기를 뿜어내는 데 쓰는 듯한) 여러 방향으로 나 있었고, 색색의 전구가 그의 동그란 머리 뒤로 원을 그리고 있었다. 머리 위로는 가로등처럼 거대한 전구가 걸려 있었는데, 아마도 누군가 자신을 보려고 할 때 켜는 것 같았다.

"언젠가는 한 명쯤 오리라고 생각했지. 내가 올 수 있었으니까."

광대가 입을 열었다. 성하는 식탁의 반대쪽 끝에 앉았다. 의자가 거기밖에 없었고, 의자를 끌어당겨 그의 옆에 가까이 다가갈 이유도 없었기 때문이었다. 성하의 얼굴을 보던 광대는 주름진 눈살을 꿈틀거렸다. 작고 뚱뚱한 사내였다. 작은 것은 유전이고, 뚱뚱한 것은 식탁 위에 올려진 20인분의 식사 때문인 듯했다. 툭 불거져 나온 배가 식탁과 그의 동그란 얼굴 사이에 놓여 있었다.

"자네는……, 어린애로군. 아니, 실례했네. 어린애라고 해도 이 시대의 사람들보다는 훨씬 지성적인 생물체일 테니까."

성하는 아무 말도 하지 않았다.

"여기엔 온통 바보들밖에 없어. 여자들은 예쁘지만 머리는 텅 비었지. 남자들은 힘은 황소같이 세지만 할 줄 아는 건 없어. 애는 낳으면 걸음마만 떼면 밭이나 사냥터로 내던지지. 손발만 달리고 눈코입만 붙었지 짐승과 다를 게 없어. 내가 오지 않았다면 집을 짓는 법도 몰랐을 거야. 내가 왔을 때는 두더지처럼 땅을 파고 들어가 살고 있었지."

"……"

"어떻게 이 미개한 인간들이 이런 아름다운 신전을 지었는지 궁금하겠지? 나는 여기 오기 전에 건축업자였거든. 여기 있는 건물들은 모두 내가 설계했지. 멍청한 미개인들을 말귀 알아듣게 만드는 건 엄청나게 피곤한 일이었지만, 결국은 성공했지. 나는 아주 인내심이 강한 사람이거든."

성하가 아무 말도 하지 않자 그는 다시 두꺼운 눈살을 꿈틀거렸다.

"말을 못 하는 건 아니겠지?"

성하는 알아듣는다는 표시로 고개를 끄덕였다. 사내는 입맛을 쩍쩍 다시며 앞에 놓여 있는 거대한 만두를 집어 들었다.

"손짓 발짓은 이제 진절머리가 나. 인간의 언어로 대화를 하게 될 날을 얼마나 기다렸는지. 여기는 사람이 우글거리는 무인도야. 나는 가축들 속에 살고 있는 한 명의 유일한 지성체라네. 사막한가운데 서 있는 고독한 문명인이지."

그는 우적거리며 만두를 씹었다.

"여기서 즐거운 일이라고는 먹는 것밖에 없어……. 자네는 왜 먹지 않지?"

"나노 시술을 받았어요."

성하가 입을 열었다.

"약간의 빛과 물만 있으면 제 혈관 안에서 돌아다니는 나노봇들이 광합성으로 양분을 생산하니다. 음식을 섭취할 필요는 없습니다."

광대는 피식 웃었다.

"난 자네와 싸울 생각이 없네."

"저도 마찬가지입니다."

"자네는 내가 일으키는 기적의 본질을 파악할
수 있는 사람이지. 문명사회의 일원이고 찬란했
던 시대의 생존자이니까. 나와 똑같은 일을 할 수
있는 유일한 사람이고. 아니지……, 이 세계에서
우리는 사람이 아니야. 우리는 초월자이고, 다른
존재이며, 천상의 인간일세."

성하는 그의 등 뒤에서 크리스마스 트리처럼
반짝이고 있는 전구를 물끄러미 바라보았다.

"전 신이 될 생각이 없습니다."

"자네는 이미 하늘에서 내려왔어."

"전 에키온의 먹이를 구하러 왔습니다. 음식을
구하면 다시 올라갈 겁니다."

에키온(빨리 달리는 자)이란 광속 우주선의 연료
를 말한다. 처음에는 타키온이나 액시온이라고도
불렸지만 정확한 의미가 아니었기에, 아르곤호의
승무원이었던 헤르메스의 아들 이름으로 변경되

었다. 정확히 말하면 연료라기보다는 우주선을 끄는 천마天馬에 가깝다. 에키온은 부정형不定形의 반딧불 같은 생물로, 모든 생명에너지를 오직 속도를 내는 데에만 쓰는 생물이다. 평상시에는 결정화되어 동면하고 있다가 단백질과 지방화합물을 조금 제공하면 눈을 뜬다. 우주선은 에키온에게 제공하는 화학물질의 종류로 속도를 조절한다.

"다시 올라간다고?"

광대는 이해할 수 없다는 표정을 지었다.

"어디로?"

"다른 곳으로요. 제 배에 입력된 항로는 모두 다녀왔습니다. 그러니 새 항법사를 찾아야 해요. 제가 모르는 항로를 계산할 수 있는."

"그런 건 이 시대에는 존재하지 않아."

"예. 그러니까 좀 더 미래로 가야 합니다. 좀 더 문명이 발달한 시대로. 저는 조금 일찍 왔어요."

사내는 입을 다물고 성하를 노려보았다.

"미래로."

사내는 그 단어를 조용히 만두와 함께 씹었다.

"나도 예전에는 그렇게 생각했지. 미래에는 뭔

가 다른 것이 있을 거라고. 어디로 가든, 뭔가 내가 살던 좆 같던 시대보다는 최소한 나아질 거라고 생각했지. 무작정 편도 차표 하나 들고 이민선에 올라타는 심정으로."

성하는 자신이 떠나온 세계를 떠올렸다. 지상의 인간들이 천상의 세계라고 부르는 곳. 공간이 정지하지 않는 곳. 시간이 정지한 곳. 자신이 살아왔던 시간과 공간 모두를 포기하지 않으면 들어갈 수 없는 세계. 빛으로 가득한 세계.

에키온은 자신을 보호해 주고 식량을 제공하는 우주선을 광속의 궤도에 올려놓기 위해, 우주선의 질량을 전자 수준으로 감소시킨다. $F = ma$의 방정식의 해를 만족시키기 위하여, 원하는 가속도 a를 얻기 위해 좌변을 증가시키는 것이 아니라, 힘을 고정시키고 우변의 질량 m을 감소시키는 것이다.

에키온은 질량을 감소시키기 위해 우주선을 3차원에서 4차원*으로 '띄워' 올린다. 지구라는 2

---

* 아인슈타인은 4차원을 시간이라고 말했지만, 여기에서는 일반적인 의미로 쓰였다.

차원 세계에서 속도를 내기 위해서는 '위'라는 세 번째 차원으로 '올라가'야 하는 것처럼. 비행기가 날고 있는 공간과 자동차가 달리고 있는 공간은 2차원적으로 보았을 때, 같은 공간이되 같은 공간이 아니며, 인접해 있으되 서로 겹치지 않는다. 광속 우주선이 수소 원자 따위에 부딪쳐 파괴되지 않는 이유도 그러하다. 수소 원자가 '아래', 즉 한 차원 아래에 있기 때문이다. 광속 우주선에서 보는 영상은 우주이되 우주가 아니다. 땅 위에서 달릴 때 보이는 영상과 비행기에 올라탔을 때 보이는 영상이 다르듯이.

성하는 조용히 숨을 쉬며, 자신이 얼마나 그 공간을 그리워하는지, 얼마나 다시 되돌아가기를 바라는지 생각했다. 그러나 그가 동경하는 세계로부터 수만 광년 떨어진 지상에서, 과거에서 온 한 생물체는 말을 멈추지 않았다.

"그건 마약 같은 것이지. 한번 시작하면 멈출 수가 없거든. 돌아왔다가는 다시 떠나고, 돌아왔다가는 또다시 떠나고. 미래에는 뭔가 더 나은 것이 있을 거다. 그 실낱같은 희망을 버리지 못하고. 도박장에 전 재산을 쏟아 붓듯이 인생을 쏟아 붓지. 돌아왔을 때엔 신분증도 연고지도 기다리는 사람도 없어. 미래로 가면 갈수록 정착할 수 없게 되어 버리는 거야. 점점 늪으로 빠져드는 거지. 결국은 영원히 여행하지 않으면 안 되게 되는 거야. 저주받은 유령선 선장처럼. 땅에 발을 디딜 수 없는 저주."

그는 건배하는 자세로 술잔을 들어 올리며 말했다.

"그게 우리들이지.《시간 여행자》."

마지막 말은 성하를 부른 것이었다.

"하지만 이건 정말 개 같은 경우야. 겨우 몇만 년 날아간 것뿐인데. 겨우 몇만 년뿐이었는데! 설마 문명이 거꾸로 뒤집어져 버리다니. 그 찬란했던 도시는 다 어디로 사라져 버리고 원시인들만 남아서 땅이나 파고 앉아 있다니. 그 위대한 건축물들이 흔적도 없이 흙이 되어 버리다니."

그는 흙잔을 식탁 위에 내리꽂았다. 그의 얼굴에는 취기와 광기가 같이 돌고 있었다. 광기 너머에는 두려움이 있었고, 두려움 너머에는 정신이

71

나갈 정도의 고독이 몰아쳤다.

"자네는 몇 년도에서 왔지? 나보다 앞? 뒤?"

성하는 대답하지 않고 베란다에 쏟아지고 있
는 푸른 달빛을 바라보았다. 다시 그 환상이 눈앞
에 떨어졌다. 모든 것을 집어삼킬 듯이 몰아쳐 오
는 눈보라. 문을 열면 죽음을 맞이했다. 사신死神
이 공기 속에 섞여 들어와 폐와 내장을 얼려 버렸
기 때문에.

"이렇게 하지, 친구."

그가 히죽 웃으며 말했다.

"내 영토를 조금 나눠 주겠네. 자네를 위한 신
전도 만들어 주지. 신관들도 몇 명 배분할 거고.
자넨 자네 마음대로 자넬 경배할 규칙을 만들면
돼. 단체로 물구나무를 세워도 좋고 탱고 춤을 추
게 해도 좋아. 단지 내가 지정한 몇 가지 규칙은
외워 둬야 할 거야. 내가 선점한 곳이니 그 정도
는 감수하겠지."

"저는 여기 오래 머물 생각이 없습니다."

그는 잠깐 정지했다가 계속했다.

"내가 완전히 손해 보는 거야. 여긴 모두 내가

닦아 놓은 자리일세. 자네를 내 동료로 받아들여 주겠다는 거야. 신의 일원으로."

"당신이 하는 일에 관여하고 싶지 않습니다."

그는 고개를 끄덕끄덕하다가 피식하고 코웃음을 쳤다. 그는 자연스러운 동작으로 술잔을 입에 대었다.

"북쪽에 농작물이 자라지 않는 땅이 있지."

성하는 눈을 깜박였다.

"이놈들 말로《붉은 깃털족》이라고 불리는 놈들이야. 바위산에 모여 앉아 짐승을 잡아먹으며 살지. 내 영토에서 사는 걸 거부한 놈들이야."

그는 참 슬픈 일이라는 듯 혀를 쯧쯧 찼다.

"그들 말이, 내가 신이 아니라더군. 어떻게 알아보는지 모르겠지만 말이야. 똑똑한 놈들일까? 아니야, 아니야. 여기에 원래 있던 샤먼들, 신관들이지. 자기들이 만들어 낸 신앙으로 다른 놈들을 빨아먹고 살던 놈들이야. 나 때문에 밥줄 끊긴 놈들이지. 왜 붉은 깃털족이라고 불리는지 아나? 재림하실 신께서 알아볼 수 있도록 이마에 깃털을 단다는군."

그는 벗겨진 이마를 톡톡 쳤다.

　"그게 신의 자녀라는 증명이라는 거야. 왜 신들은 그렇게 괴상한 규칙을 만들어 사람들을 귀찮게 하는지 모르겠어. 아침 먹기 전에 손을 씻어라. 문을 열 때는 세 번 두드려라. 자기 전에 탭댄스를 춰라. 그거 알아? 나는 신의 마음을 이해할 것 같아. 따분하거든. 심심해서 견딜 수가 없는 거야. 아무것이나 시켜 놓고, 시키는 대로 개처럼 따라 하는 걸 구경하는 거야."

　"……."

　"나와 그 신관들이 내기를 했지. 그놈들 신상을 내가 손 안 대고 부수겠다고 했고, 그놈들은 동쪽 바위를 부수겠다고 했지. 그놈들은 24시간을 기도했지만 바위는 멀쩡했지. 나는 폭탄을 하나 던졌고, 1초 만에 끝장났지. 그때 그놈들 얼굴 한번 볼 만하더군."

　"……."

　"여기서 추방된 뒤에도 그놈들은 계속 쳐들어와서 내 착한 양민들을 괴롭히지. 그놈들이 원하는 걸 들어 보면 별것도 아냐. 기도할 때는 황금색이 아니라 초록색 물감을 얼굴에 발라야 한다. 신전의 문양은 장미꽃이 아니라 직선 문양이다. 마당에는 노란 꽃이 아니라 붉은 꽃을 심어야 한다."

"……."

"내가 왜 이런 말을 하는지 아나?"

성하는 아무 말도 하지 않았다.

"자네가 저기 어디 한구석에 집 짓고 살면서, 아침에 술 대신 우유를 마시고, 일요일 아침에 잠을 자는 대신 춤을 추고, 마당에 흰 꽃을 심는 대신 빨간 꽃을 심는 걸 바라지 않는다는 말이야. 그런 일들이 이 세상에 얼마나 큰 혼란을 초래하는지 알고 있나? 그것만으로 세상은 둘로 나뉘고, 두 개의 신앙이 생기고, 결국에는 수만 년에 걸친 종교전쟁의 발단이 되지."

"……."

"나는 평화를 원하네, 친구."

광대는 두 팔을 벌렸다. 성하는 순간 그의 머리 위에 있는 전구에 불이 들어오지 않을까 걱정했다.

"저는 이곳에 머물 생각이 없습니다."

성하는 그 말밖에 모르는 사람처럼 반복했다. 광대는 멈칫했다.

"당신이 하고 있는 일을 방해할 생각도 관여할 생각도 없어요. 제가 원하는 것만 구하고 가능한 빨리 떠나겠습니다."

"그래."

그는 입맛을 쩍쩍 다셨다.

"그거 아쉽군."

긴 공백이 들어섰다. 성하는 그 공백 사이에 그의 머릿속에서 온갖 문장들이 지나가는 것을 지켜보았다. 성하는 침을 꿀꺽 삼키며 마음을 진정시켰다.

"어쩔 수 없는 일이지. 신관들이 밖으로 안내해 줄 걸세."

광대가 식탁에 놓인 끈을 하나 당기자 문에 걸린 방울이 딸랑딸랑 소리를 내었고, 벽을 타고 천장에서 문까지 이어진 밧줄이 도르래와 도르래를 지나 문을 양쪽으로 당겼다. 동시에 그가 다른 단추를 누르자 그의 머리 위에 있는 전구에 불이 들어왔다. 성하는 웃지 않고 다음에 일어날 일을 기다렸다. 광대에 버금가게 휘황찬란한 옷을 입은 신관이 정신없이 안으로 들어와 무릎을 꿇었다. 아까는 보지 못했던 사람이었다.

"이분을 밖으로 안내하게."

그는 아이에게 말하듯이 천천히 말했다. 그 신관이 알아들을 수 있는 단어가 몇 개 안 되는 모양이었다. 그런 뒤에 그는 다른 언어로 몇 가지 다른 지시를 내렸다. 신관은 벌벌 떨며 다시 무릎으로 뒷걸음치며 물러갔다.

"나가 보게."

성하는 고개를 끄덕여 인사하고 일어났다.

"다시 한번 생각해 보게. 여기만 한 곳은 없어. 좀 더 문명이 발달하게 되면 우리가 머물 수 있는 곳은 없네. 잘해야 불법 체류자고, 잘못하면 외계인으로 몰려 해부 대상이 될 수도 있어. 하늘에서 내려온 사람에게 관대한 시대는 이런 시대밖에 없어."

성하는 대답하지 않았다.

"아쉽군."

그는 색동 전구를 반짝거리며 말했다.

계단을 세 개 내려온 성하는 눈가리개를 손으로 끄르고 뒤를 돌아보았다. 그의 뒤에서 쫓아오던 두건을 둘러쓴 사람 셋은 소스라치게 놀라 물러났고, 앞에서 끌고 가던 신관도 당황하며 멈춰섰다. 그렇게 놀라는 것을 보면 '신의 눈가리개'를 풀 수 없을 거라고 생각하고 있던 모양이었다. 네 사람은 그를 방으로 안내했던 그 사람들이 아니었다. 앞에 가는 신관은 아까 보았던 그 휘황찬란한 옷의 인물이었고, 뒤따르는 사람들도 모자를 보니 아까보다 좀 더 높은 신분의 사람들인 듯했다. 신에게 안내하는 길보다 되돌아가는 길이 더 '신성할' 리는 없으므로, 되돌아가는 길에 뭔가 색다른 '신성한' 일이 일어날 예정일 터였다.

성하는 두건을 쓴 사람이 경직되어 있는 사이 그의 망토를 손으로 들췄다. 그의 손에는 단검이 들려 있었다. 손잡이에 기괴한 문양이 그려진 것으로 보아 아마《악마를 퇴치할 특별한 힘이 있는 어쩌고》종류의 물건인 것 같았다. 그가 두려움을 떨치고 성하에게 달려들려고 했다.

중력이 없는 세계에서 온 성하가 지상의 사람

들을 힘으로 당해 낼 수는 없었다. 성하는 당황하는 빛이 얼굴에 드러나지 않도록 조심하며 품에 숨겨 온 폭죽을 꺼내 땅바닥에 떨어뜨렸다. 다년간의 경험으로, 다소 원시적인 시대에 착륙할 때에는 그런 종류의 장난감이 필요하다는 것을 알고 있었다. 또 다른 경험에서, 그런 것을 가능하면 쓰고 싶지는 않았지만.

폭죽이 불꽃을 일으키며 성하의 주위를 감쌌다. 암살자들은 비명을 지르며 물러났고 신관은 땅바닥에 엉덩방아를 찧었다. 성하는 계단 위를 올려다보았지만 눈치챈 낌새는 없었다. 눈치를 챘다고 해도 《신》이 왼쪽과 오른쪽 줄을 당기고 전구를 켜고 기도를 올린 뒤에 엄숙한 목소리로 지시를 내리려면 시간이 필요할 것이다.

성하는 반지 손전등을 켜 엉덩방아를 찧은 신관의 얼굴에 들이대었다. 신관은 성하의 손에서 빛이 나오자 완전히 공포에 질려 벽으로 기었다. 그들은 필요 이상으로 공포에 질려 있었다. 분명히 저 《신》은 이런 종류에 물건에 공포심을 느끼도록 신관들을 훈련시켰을 것이다. 성하는 손전등을 비추며 그에게 걸어갔다. 신관은 빛에서 도망치기 위해 땅바닥을 이리 기고 저리 기었지만, 초속 30만 킬로미터를 달리는 빛을 피할 수는 없었다. 성하는 그의 앞에 서서 아까 광대가 말했던 톤과 목소리를 흉내 내어 천천히 말했다.

"밖으로 안내하라."

신관은 완전히 울상이 되어 흐느꼈다. 성하는 그 언어가 이 신관에게 어떤 의미인지 알고 있었다. 아마 그만이 신과 소통할 수 있는 자격을 받았을 것이고, 이 '언어'가 그 증명이었을 것이다. 성하는 그가 두 신 사이에서 갈등하고 있음을 알 수 있었다.

"밖으로 안내하라."

성하는 다시 폭죽을 그의 앞에 한 움큼 떨어뜨렸다. 폭죽이 폭발하며 그의 몸에 불꽃이 떨어지자 그는 울음을 터뜨리고 말았다.

성하는 신전을 나오자마자 달리기 시작했고 그를 데리고 나온 신관도 성하가 떠나자 온갖 괴성을 지르며 안으로 달려 들어갔다. 성하는 풀밭을 헤치며 있는 힘을 다해 북쪽으로 달렸다. 아까 들은 대로라면 북쪽은 그의 영역이 아니었다. 우주선이 걱정되었지만, 여전히 그놈을 옮길 방법이 없었다. 하지만 옮길 방법이 없는 것은 이들도 마찬가지였다. 이 평원에는 그렇게 거대한 것을 숨길 만한 곳도 없었다. 찾기 어렵지는 않을 것이다. 되돌아올 수 있다면 하는 말이지만.

언덕을 오르며 뒤를 돌아보니 신전에 온통 불이 들어와 있었다. 추격대가 바로 쫓아오지는 않을 것이다.《신》은 이미 신의 친구 또는 동료로 받아들여진 그를 다시 악마로 꾸미기 위해 시간이 필요할 것이다. 이야기를 짓고, 선풍기를 틀고, 폭죽을 떨어뜨리고, 수백 개의 전구를 켜야 할 것이다. 하지만 성하에게 그 시간은 짧고도 짧았다. 중력을 박차고 달린다는 것은 끔찍한 일이었다. 그는 달리다 멈춰 서서 숨을 몰아쉬었고, 다시 달리다가 쓰러졌다. 결국 성하는 달리는 것을 포기하고 풀 숲에 몸을 숨긴 채 기어가기 시작했다.

아침 햇살이 얼굴 위로 쏟아져 내려와 성하는

잠에서 깨었다. 강렬한 햇살 때문에 성하는 눈앞에 무엇이 있는지, 자신의 몸 위에 드리워진 그림자가 무엇인지 한동안 확인할 수 없었다.

성하는 자신이 많이 도망치지 못했다는 것을 깨달았다.

그 광대가 생각보다 빨리 일을 처리한 모양이었다. 긴 창을 든 사람들이 성하의 주위를 둘러싸고 있었다. 허리 아래로 늘어뜨린 가죽을 제외하고는 거의 벌거벗었고 발도 맨발이었다. 성하는 잠깐 반지 손전등을 생각했지만 그만두기로 했다. 악마도 신과 똑같이 요술을 부린다.《신》도 충분히 그 사실을 주지시켰을 것이다. 지금 기적을 일으키면 도리어 죽음만 재촉할지도 모른다.

그들은 아직 자신을 두려워하는 듯, 더 접근하지도 물러서지도 못한 채 창끝만 떨며 자리를 지켰다. 잠시 뒤에 창의 감옥이 조금 열리며 한 남자가 모습을 드러내었다. 다른 사람들과는 달리 손등까지 덮는 하얀 윗도리를 걸치고 머리를 길게 땋아 늘어뜨린 사람이었다. 아마 '악마를 물리칠 뭔가 특별한 힘을 부여받은 어쩌고' 종류의 사람일 것이다. 성하는 문득, 그가 어떤 신성한 의식으로 자신을 처치할지 기대되기 시작했다.

그가 성하를 창으로 가리키며 뭐라고 말하기 시작했다. 신이라면 그가 무슨 말을 하는지 알 수 있으리라. 대답을 요구하고 있었지만 성하는 답을 알지 못했다. 성하는 조용히 앉아 그가 '뭔가 성스러운 증명을 하지 못한' 자신을 '뭔가 성스러운 방법으로' 처단하기를 기다렸다.

그때 성하는 그의 창끝에서 흔들리는 붉은색의 깃털을 보았다. 성하는 고개를 들어 맨 앞에 선 남자의 머리에 꽂혀진 붉은 깃털을 올려다보았다. 다른 사람들도 마찬가지로 붉은 깃털을 달고 있었다.

— 그것이 신의 자녀라는 증명이다.

광대의 비웃는 듯한 목소리가 들려왔다.

— 왜 신은 그런 쓸데없는 일을 하는 걸 좋아하는지 모르겠어.

성하는 이어, 그의 어깨에 걸려 있는 것을 돌아보았다. 붉은 염료가 칠해진(아마도 짐승의 피일 것이다.) 거대한 활이었다. 활에는 오래된 전통 문양이 길게 그려져 있었다. '8괘♯'였다. 성하의 시대에 존재하던 기호였다.

— 신전의 문양은 장미꽃이 아니라 직선 모양이라든가.

성하의 눈앞에 다시 환영이 떠올랐다. 사람들은 눈보라가 몰아치는 얼음산 위에 서 있었다. 차가운 바람을 뚫고 화살이 긴 울음소리를 내며 날아올랐다. 최초의 화살은 붉은 새의 심장을 꿰뚫어 굶어 죽어가던 아이들의 식탁 위에 그 고기를 올려놓았다. 그 새의 고기를 익히던 불꽃은 그 집 안에서 처음 타올랐던 불이었다. 그들은 새의 깃털을 뽑아 이마에 꽂았다. 그것이《불》과《활》을 그들에게 내린 신의 자녀라는 의미. 영원히 그를 섬기고 기억한다는 표식이었다.

성하는 몸을 일으켰다. 창살이 놀라 성하의 몸으로 접근했다. 몇 개는 급히 밀어내느라 성하의 몸에 상처를 남기기도 했다. 앞에 선 남자가 손을 들어 사람들을 저지시켰다. 창살이 뒤로 물러나자, 상처가 난 성하의 몸에서 반쯤 초록빛을 띤 핏방울이 맺혔다. 적혈구의 헤모글로빈 색깔과 나노봇의 엽록소 색깔이 뒤섞여서 나오는 칙칙한 색이었다. 앞에 선 남자는 믿을 수 없다는 표정을 지었다. 그는 그《색깔》의 의미를 알고 있었다.

— 기도할 때는 황금색이 아니라 초록색 물감을 얼굴에 발라야 한다든가.

성하는 이제 자신이 무엇을 해야 할지 알 수 있었다. 성하는 고개를 숙여 자신의 앞에 여덟 개의 괘를 '올바른' 순서대로 그렸다. 500년 전, 그가 이곳을 떠나기 전에 그랬던 것처럼. 문자가 없던 이들에게 알려 준 자신이라는 증명.

그것이 신이 표식을 남기는 이유인 것이다.

성하는 나무로 만들어진 감방 안에 갇혔고 5일 뒤에 풀려났다. 빛이 들어오지 않는 곳에 가둬 둘까 봐 조마조마했지만, 다행히 그들은 성하를 두 눈으로 감시하고 싶어 했다. 5일 뒤에도 성하가 전혀 피로하지 않은 모습으로 걸어 나오자 사람들은 꿇어 엎드려 경배했다.

신으로 인정받은 것은 좋았지만(사실 그렇게 좋은 일도 아니었지만) 시간이 너무 지나 있었다.《신》

은 이 세계를 떠날 생각이 없어 보였지만 멀쩡한 우주선을 보고 어떤 생각이 들지 알 수 없는 일이었다. 한편으로 그는 자신이 우주선을 찾아 돌아올 것을 기다리고 있을 것이다. 《심심한》그는《루시퍼》와의 싸움을 화려하게 계획하고 있을 것이다. 예쁜 홀로그램과 출력 좋은 스피커를 준비하고 있겠지만 실제로 그를 죽일 만한 것도 준비하고 있을 것이다. 어려운 일도 아니다. 간단한 화살과 몽둥이만으로도 그는 죽을 수 있다. 그 몽둥이에 '이 신성한 무기에는 신의 권능이 들어 있고 어쩌고'라고 쓰여 있거나 말거나.

성하가 우주선을 되찾을 궁리를 하는 동안, 북쪽 마을(성하가 부르는 이름이었다.)에 살아 있는 모든 것은 오로지 성하의 행동거지에 영혼과 마음과 전력을 투자하기 시작했다. 풀잎 하나까지 성하의 움직임을 주시했다. 사람들은 성하의 시선이 향한 곳, 성하가 잠시 앉아서 쉰 곳, 성하의 짧은 한숨이며 이마의 땀을 닦는 행동까지 모두 의미를 찾기 위해 애썼다. 그가 앉았던 곳에는 꽃이 바쳐졌고, 그가 바라본 곳에는 그림이 그려졌다. 성하는 동굴에 숨어 자신을 바라보는 사람들의 머릿속에 떠오른 단 하나의 단어를 볼 수 있었다. 그들의 갈망하는 시선 속에서 단 하나의 글자만을 읽을 수 있었다.

《성전聖戰》

때가 온 것이다. 그들을 추방한 자들, 이교도들에게 죽음의 형벌을 내릴 때가 왔다. 진짜 신을 버리고 가짜 신을 섬긴 자들을 심판할 때가 왔다. 그들은 과거의 영광을 되찾게 될 것이다. 신이 그들에게 강림한 것은 분명 그런 의미인 것이다. 다른 이유가 있을 턱이 없었다. 여행을 하던 중 연료가 떨어져 지상에 들렀다든가 하는 지극히 개인적인 사안일 턱이 없었다. 신은 인간을 위해서가 아니면 모습을 드러내지 않는다.

하얀 옷의 수장은(그의 이름은 앗타-하-닉크라고 했다. 성하는 줄여서 니크라고 부르기로 했다.) 이틀 동안 두 손바닥을 위로 올린 채 성하의 발밑에 꿇어 앉아 있었다. 그의 몸에는 엽록소가 없으니 몹시 배가 고팠을 것이다. 그가 손바닥에 무엇을 받고 싶어 하는지는 말을 나누지 않아도 알 수 있었다.

그는 신의 힘을 원하는 것이다. 그래. 색동전구라든가, 선풍기라든가, 손전등 같은 것. 무엇이든 상관없을 것이다.

성하는 마을에서 한 젊은 화가가 벽에 그림을 그리는 것을 보았다. 훌륭한 그림이었다. 그 그림에는 남쪽 마을 사람들이 신이라고 부르는 건축학자가 만든 건물보다도 더 위대한 혼이 깃들어 있었다. 그는 새와 같은 모습으로 풀밭에 내려왔고, 창을 들고 있는 사람들에게 둘러싸여 있었다. 하얀 옷의 수장이 그를 알아보고 8괘의 증표를 전하고 있었다.

그림은 왼쪽 구석에 그려져 있었고 오른쪽은 비어 있었다. 그 화가는 그곳에 다른 그림을 그릴 계획인 것이 분명했다. 성하는 그가, 자신이 그 벽에 그려질 만한 '어떤 일'을 하리라 확신하고 있음을 깨달았다. 신은 목적 없이 인간에게 나타나지 않는다. 하얗고 거대한 벽이 기대와 흥미에 찬 눈길로 자신을 노려보는 것 같아 성하는 얼른 눈을 돌렸다.

3일째에는 니크 대신 한 소년이 성하가 머무는

동굴 안에 들어와 같은 자세로 꿇어앉았다. 아무래도 니크가 자신은 선택받을 운명이 아니라고 생각한 모양이었다. 눈매가 닮은 것으로 보아 그의 아들인 듯했다. 소년은 결연한 의지를 담은 눈을 하고 미동도 하지 않은 채 앉아 있었다. 눈빛으로 보아 무엇인가를 받기 전에는 움직이지 않을 듯했다. 그 자리에서 그대로 죽을 심산인 듯했다. 그의 이름은 '에오호스-라-노야'였고, 성하는 노야라고 부르기로 했다.

성하는 소년을 물끄러미 지켜보았다. 원했던 에키온의 식량은 이미 구한 지 오래였다. 마을에는 흙이 있는 곳이면 어디에나 붉은 꽃이 자라고 있었고, 그 열매가 성하가 원하는 에키온의 식량이었다. 에키온 꽃은 우주에서 잘 자라지 않기 때문에, 성하는 지구에 올 때마다 에키온 꽃의 씨를 뿌렸다. 그리고 그들은 어리석고도 충실하게도 그와의 약속을 지켰다. 그의 개인적인 생활용품에 신성을 부여하고, 우주선을 움직이는 데 필요한 화학식을 가진 열매를 맺을 뿐인 식물에 신의 이름을 붙였다.

— 마당에는 하얀 꽃이 아니라 붉은 꽃을 심어야 한다거나.

이 시대에 그가 더 머물 용건은 없었다. 그의 나라는 하늘에 있었고, 광속으로 이동하는, 시간과 공간을 같이 이동하는 공간에 있었다. 그들은 순식간에 죽어 없어질 것이다. 지상에 머무는 사람들은 눈 깜박할 사이에 수명을 다해 사라져 버린다. 그가 여행을 떠났다가 다시 지구에 돌아왔을 때에는 그들이 존재했다는 흔적조차 남아 있지 않을 것이다. 두 개의 부족 중 누가 승리하고 누가 패배하든 세월은 그 모든 것을 먼지로 만들어 버릴 것이다.

그는 더 이상 그 어떤 '기적'도 이 세계에 남겨 두고 싶지 않았다. 그들의 자유로운 영혼은 잠깐 스쳐 간 시간 여행자인 자신의 기록에 묶여 옴짝달싹 못 하게 될 것이다. 수많은 아름다운 꽃들이 에키온의 식량으로 쓰이는 붉은 꽃에 묻혀 자라지 못하고 만다. 그들은 그가 잠깐 머문 이 동굴을 꾸미고 숭배하기 위해 귀중한 시간을 낭비하게 된다. 그가 남긴 반지 손전등 따위는 아무에게

나 전해져 난폭한 자에게 신성을 부여하게 될 것이다.

성하는 소년의 입술이 파랗게 되어 거의 쓰러질 지경이 될 때까지 그를 지켜보았다. 슬픈 감정이 그의 영혼을 휘감았다. 초승달이 파랗게 산허리에 걸릴 무렵, 성하는 자리에서 일어나 노야에게 걸어갔다. 노야가 긴장이 풀린 얼굴로 성하를 쳐다보는 동안, 성하는 바닥에 자신의 시대와 나라의 소리문자를 쓰기 시작했다.

노야는 처음에는 어리둥절해했지만, 영리한 그는 곧 성하의 글씨를 따라 쓰기 시작했다. 성하는 글자를 발음하고 쓰는 것을 반복했다. 말은 한 마디도 하지 않았다. 그들의 언어를 모르기도 했지만, 안다고 해도 자신의,《신》의 입으로 그 어떤 말도 남기고 싶지 않았다. '말'이 어떤 위력을 갖는지 알고 있었기 때문이었다. 성하가 어떤 말을 하든, 그것은 절대 규칙이 되어 본래의 의미를 잃어버리고 어리석은 규약으로 사람들을 속박할 것이다.

아마도 저쪽의《신》은 살아 있는 동안 자신이

다스리는 자들에게 지식을 전수하지 않을 것이다. 그는 인간이 미개한 채로 남아 있기를 바라는 신이었다. 그렇지 않으면 그가 행하는 '기적'의 어리석음을 깨달을 자가 나올지도 모르기 때문에. 그리고 문자가 있는 부족은 없는 부족보다 더 빨리 발전한다. 그렇게 되면, 결국 이 부족이 그들을 지배하게 되고, 이 바위산에서도 나가게 될 것이다. 빠르든, 늦든.

이틀이 지난 뒤 노야가 자신의 언어를 모두 글자로 쓰고 나자, 성하는 잠깐 후회했다. 그가 무슨 자격으로 지배할 민족과 지배당할 민족을 결정한다는 것인가. 오랜 옛날에 내려왔던 자신을 기억하고 있다는 이유만으로. 남쪽에 사는 사람들 역시 죄가 없으며, 그들이 해를 입어야 할 하등의 이유가 없는데도 불구하고. 정말로 신이라면 이런 일은 하지 않을 것이다.

성하가 다시 자신의 자리로 돌아가 눕자 노야의 얼굴에 당황하는 빛이 뚜렷이 나타났다. 똑똑한 소년이었다. 그는 성하가 전쟁을 할 마음이 없다는 것을 알아차렸다. 자신이 받은 것이 무엇인

지는 모르지만, 싸움에 도움이 되지 않는다는 것
도 알아차린 듯했다.

남쪽 마을의 동정을 살펴보던 성하는《신》이
전쟁이나 탈출 대신 유희를 시작한 줄을 알아차
렸다. 그는 우주선을 위한 집을 짓고 있었다. 또
다시 그다지 정확하지 않은 신화적 지식으로 예
쁜 성을 만들 계획인 듯했다. 지금이 추수기라는
것을 아는 성하는 그의 행동이 불쾌했지만, 생각
해 보면 잘된 일이었다. 이 작은 마을에서 동원할
수 있는 인원이란 한정되어 있는 것이고, 목수와
군대를 같이 부릴 재간은 없을 것이다. 건축이 시
작되면 기회가 올 것이다. 큰일은 제사를 동반한
다. 스피커와 홀로그램 영상 장치도 꽤 세심하게
장치되었다. 물론 그것들을 설치하는 사람들은
자신이 설치하는 것이 무엇인지 알 수 없겠지만.
성하는 예식이 끝나는 시점에 숨어들기로 결정
했다. 예식이 끝나면 남자들은 들어가서 쉴 것이
고, 뒷정리와 청소는 여자와 아이들의 몫이다. 사
람들은 지쳐 있을 것이고 경비도 가장 허술할 것

이다.

그리고 《신》도 그 정도는 예상할 것이다. 성하
는 이 예식이 자신을 위한 함정이라는 느낌을 받
았지만, 그로서도 선택의 여지가 없었다.

낮잠을 자고 한밤중에 깨어난 성하가 떠날 채
비를 하고 동굴을 나섰을 때, 그는 마을의 분위기
가 달라진 것을 깨달았다. 가면을 얼굴에 둘러쓴
사람들이 동굴 앞에 정렬해 있었다. 손에 든 창을
보니 그를 배웅하러 온 것이 아니었다. 그를 향하
는 불타는 적대감으로 보아 그를 앞세우고 싸우
러 나가려는 것도 아니었다.

성하는 자신이 그들을 배신했고, 그 사실을 그
들이 깨달았음을 알아차렸다. 노야는 신에게 받
은 선물을 그들에게 알려 주었을 것이다. 그리고
현명한 판단으로 신의 의지를 전했을 것이다. 신
이 싸울 의사가 없다는 사실을. 자신을 배반한 저
남쪽 부족을 '용서해' 버렸다는 사실을. 그들을 징
벌하지 않을 생각이라는 것을.

신은 목적 없이 지상에 내려오지 않고 인간을

위해서가 아니면 인간의 앞에 모습을 드러내지 않는다. 그것이 인간의 오만한 신념이며, 인간이 신을 숭배하는 유일한 이유다. 신이 인간에게 도움이 되지 않는다면 신은 숭배받을 자격이 없다. 그들을 도울 생각이 없는 자는 신이 아니다.

그들이 창을 들어 찌른다면 성하로서는 피할 재간이 없었다. 그의 죽음은 그가 신이 아니라는 확고한 증명이 될 것이다. 도망칠 수도 저항할 수도 없었기에, 성하는 조용히 그들의 결정을 기다렸다.

한쪽 끝이 소란스러워지더니 노야가 모습을 드러내었다. 그들은 정렬한 사람들 앞에서 붉은 깃털이 달린 창을 뽑아 들고 뭐라고 소리치기 시작했다. 물러나라는 것 같았지만 사람들은 움직이지 않았다. 찌를 듯한 긴장이 전해져 왔다. 성하는 눈을 감았고, 다시 떴을 때엔 창과 창이 부딪치고 있었다. 그의 창술은 무술을 모르는 성하가 보기에도 뛰어났지만, 상대의 수가 너무 많았다. 노야가 쓰러졌을 때 아직 정렬한 사람의 대부분은 움직이지도 않은 채였다.

성하는 걸음을 옮겼다. 그가 사람들로 만들어진 길 안으로 들어가자 당황한 사람들의 창끝이 움찔움찔했지만 누구의 창날도 성하를 찌르지 않았다. 한 명이라도 용기를 내었다면 성하의 살이 고깃덩이처럼 쉽게 꿸 수 있다는 것을 알 수 있었을 테지만. 간단한 돌멩이로도 그의 혈관을 터뜨려 피를 뿜게 할 수 있다는 것을 알았을 테지만.

성하는 쓰러져 있던 노야에게 무릎을 꿇었다. 머릿속에서는 몇 명의 자아가 부단히 싸우고 있었다. 대체 이 부족의 불행이 나와 무슨 관계가 있다는 건가? 남쪽 부족의 사람들에게는 또 무슨 죄가 있다는 건가? 그들은 전쟁을 요구하고 있었지만 그는 이 세계를 스쳐 가는 한 여행자에 불과했다.

"나는 신이 아니야."

성하는 노야의 귀에 속삭였다.

"당신과 같은 사람이야."

무슨 말을 하든 상관없었다. 둘러싼 이들은 그가 신에게서 무슨 메시지를 받는지 몰라 섣불리 움직이지 못했다. 그의 언어는 그 뜻도 알려지지 않은 채 일종의 기도문이 되어 전해질 것이다. 어차피 남겨질 것이라면 그런 문장인 편이 좋을 것 같았다. 그러면 어느 시대에 어느 현명한 인간이 그 의미를 알아내 줄지도 모르는 일이다.

의식은 발갛게 익어 가고 있었다. 우주선 바로 옆에 돌 제단이 세워졌고 우주선은 큰 휘장으로 장식되어 있었다. 제단을 돌며 춤을 추는 사람들은 취기와 피로로 반쯤 넋이 나가 있었고, 제단 앞에서 주문을 외는 신관도 자신의 주문과 열기에 들떠 무아지경에 들어갔다. 제단을 둘러싼 사람들은 절을 하기도 하고 노래를 하기도 하고 제 머리를 쥐어뜯기도 하고 바닥을 구르기도 했다. 신관의 초능력이 그리 좋지 않았던 기억으로 보아 환각 성분이 든 뭔가를 조금씩들 한 모양이었다. 제단 위에는 푸른 불꽃이 빛나고 있었고, 스피커에서는 기괴한 음악이 둥둥거리며 들렸다.

예상대로 스피커와 영상기마다 한 명씩 감시하고 있었고, 우주선도 마찬가지였다. 경비는 물샐틈없었고, 그들은 모두 성하를 기다리고 있었다. 아마도 그는 내가 어디를 노릴지, 어디를 공격할지 모두 예측하고 있을 것이다. 우주선과 풍차와 신전과, 발전기와 변압기를 모두 감시하고 있을 것이다. 그는 나보다 이곳을 잘 알고, 나보다 이곳 사람들을 더 잘 다스린다. 그가 예측하지 못한 길은 하나밖에 없었다. 바보 같으면 바보 같을수록, 위험하면 위험할수록 그나마 가능성이 있었다.

예정대로 조용히 숨어들어 도망치고 싶은 욕구를 간신히 억누르며 성하는 숲에서 몸을 일으켰다. 무아지경에 빠진 군중은 인구가 0.5% 늘어난 것을 눈치채지 못했다. 사람들이 제단 위를 오르는 사람을 발견한 것은 그가 제단을 중간쯤 올라갔을 때였다.

그의 얼굴을 아는 자와 모르는 자 모두 숨을 죽였다. 아직 상황을 파악하지 못하고 떠들던 자들은 주위가 조용해지자 어리둥절해서 제단을 올려다보았다. 성하는 주위에 눈길도 주지 않고, 천천히 제단 위로 올라갔다.

주위는 완전히 침묵에 싸였다. 취해 있던 군중

은 완전히 술이 깬 얼굴로 제단을 올려다보았다. 신관들은 예상치 못한 상황에 움직이지 못했고, 지시를 받지 못한 병사들은 어떻게 해야 할지 몰라 굳어 있었다. 겁을 먹어선 안 된다. 성하는 다짐했다. 한순간이라도 마음에 두려움을 품으면 이 얄팍한 얼음장은 가루가 되어 무너져 내린다. 그리고 얼음이 얼어 있는 시간 역시 한순간뿐이다.

성하는 홀로그램 앞에 똑바로 서서 빠른 속도로 영상기의 위치와 신관의 옷에 달린 마이크의 위치를 파악했다. 거의 동시에 용기 있는 신관 하나가 소리를 질렀고, 또 용기 있는 병사 몇이 창을 움켜쥐었다. 성하는 영상기 두 개를 발로 차서 자신의 뒤로 밀어내었다. 홀로그램 영상이 스크린에 부딪쳐 나오는 각도와 길이가 달라지자 작고 강렬하게 불타던 푸른 불꽃의 영상이 흐릿하게 커지며 성하의 주위를 감싸 올랐다.

성하가 뒤를 돌아보았을 때엔 공포가 제단 위의 신관들에게서부터 계단을 타고 내려가 군중들 사이로 스며들고 있었다. 그는 이 세계를 알지 못하지만 유일하게 아는 사실이 있었다. 이곳의

《신》은 이런 장난에 공포를 느끼도록 사람들을 훈련시켜 놓았다는 것을. 그는 공포가 가라앉을 틈을 주지 않고 신관의 몸에 붙어 있는 마이크를 빼앗아 스피커에 집어던졌다. 하울링 현상으로 찢어지는 소리가 광장을 메웠고, 광장은 통제 불능에 빠졌다. 성하는 손에 잡히는 대로 전선을 뽑아내었고, 전류가 엉켜 스파크를 일으키며 터졌다. 홀로그램은 꺼졌고 광장은 순식간에 어두워졌다. 사람들은 공포에 질려 아우성쳤다. 도망가다가 밟히는 자가 부지기수였고, 신관들조차 예복과 예관을 벗어 던지고 도망가기 바빴다.

멀리서 이 광경을 북쪽 마을 사람들이 보고 있을 것이다. 이제 이 혼란을 어떻게 이용하든 그들의 자유였다. 성하로서는 자신이 신이라는 사실을 그들의 방식으로 증명만 하면 되었고, 그것만으로 노야와 그의 아버지 니크는 목숨을 구할 수 있을 것이다. 자신이 원하는 것은 끝났다. 이제 그들이 원하는 일이 시작된다.

성하는 한숨을 쉬었다. 이후 부족의 지도자가 될 저 현명한 소년이, 그저 문자를 가르친 것만으로 자신에게 싸움의 뜻이 없다는 것을 알 수 있었다면, 지금도 자신의 뜻을 이해해 주리라. 그렇게 믿을 수밖에 없었다.

등 뒤로 아우성치는 소리를 흘려보내며 성하는 배 안으로 들어갔다. 우주선을 지키던 자들 중 훌륭한 자는 군중을 수습하느라, 평범한 자는 도망치느라 자리에 없었다. 좁고 안락하고 친근한 배의 냄새가 지친 마음을 안락하게 감쌌다. 동력실에서 결정화되어 잠자고 있는 에키온에게 영양분을 주입시켜 주기만 하면 끝난다. 이 무거운 지구를 벗어날 수 있을 것이다. 성하는 차츰 피로해지는 정신을 가다듬으며 아래로 내려갔다. 이제 곧 돌아갈 수 있다. 속도로 이루어진 세계. 정지해 있지 않은 세계. 땅에 발을 딛지 않고도 이동할 수 있는 세계. 그의 세계. 하늘나라로.

아래를 향해 사다리를 타고 내려가는 것은 곤혹스러운 일이었다. 위와 아래가 뒤집어지고, 동서남북이 뒤집힌 세상 같았다. 성하는 처음 가는 길처럼 길을 더듬으며, 땀을 흘리며 간신히 동력실에 발을 딛을 수 있었다. 동력실은 화석연료를 태우던 시대와는 상당히 다른 구조를 하고 있었다. 우주선의 연료인 에키온은 우주선의 벽과 벽 사이, 연료가 필요한 모든 공간을 공기처럼 떠돌고 있고, 이곳에는 그에게 영양분을 공급해 줄, 다시 말해 '밥을 먹여 주는' 장치가 있을 뿐이었다. 성하가 조금 숨을 몰아쉬며 엑기스를 장치 안에 밀어 넣자, 잠시 후에 기관실 안에 불이 들어왔다.

"이곳으로 올 줄 알았지."

잊힌 문명의 언어가 들려왔다. 성하는 홱 뒤돌아보았다. 손에 총을 쥐고 크리스마스 트리처럼 등에 색동 전구를 달아 놓은 《신》이 탱크 앞에서 걸어 나왔다. 성하는 놀라지 않았다. 아까 그 소동에서 나타나지 않았다면 대기하고 있을 곳은 여기밖에 없으니까. 그가 직접 나타난 것이 의외이긴 하지만, 생각해 보면 가장 합당한 방법이었다. 신을 죽일 수 있는 것은 신뿐이다. 손전등에도 겁을 먹는 《인간》에게 맡기는 것은 무리한 일이다. 그리고 성하가 사실 형편없이 약하다는 사실을 아는 이도《신》뿐이다.

"나도 기다리고 있을 줄 알았어요."

성하는 반쯤 거짓으로 대답했다. 신은 키득거리며 웃었다.

"그런데, 왜 왔지?"

"협상하기 위해서."

"협상은 끝났어."

그는 얼굴에 시퍼런 빛을 띠며 한 걸음 한 걸음 접근했다. 움직일 때마다 등에 걸린 전구와 파이프와 배터리가 덜그렁거렸다.

"생각 외로 과격하게 굴더군. 뭐, 다 소용없지만 말이야. 방금 전의 일은 잠깐의 시련이었고, 《악마》는 결국 이렇게 신에게 제압당하니까. 아아, 무서워하지 마. 이 총은 널 죽이지 않아."

성하의 손가락이 순간 꿈틀했고,《신》의 총구가 놓치지 않고 성하의 움직임을 따라왔다.

"물론 멋대로 움직이면 어떻게 될지 나도 모르지만 말이야. 요새 이놈의 물건을 어떻게 다루는지 영 기억이 안 나거든. 하지만 걱정 마. 난 널 죽이고 싶지 않아. 물론 이전처럼 융숭한 대접은 보장하지 못하겠지만. 다시는 도망치지 못하도록 튼튼한 족쇄를 채워서 조금 어두운 지하에 가둬 두겠지만 말이야. 어쨌든 수명이 다하도록은 살게 해 줄 테니까. 우린 둘 다 위대한 '과거인'이잖은가, 친구여."

"……."

《신》의 사악한 얼굴에 슬픈 빛이 떠올라 기괴하게 일그러져 보였다.

"왜 도망쳤지? 불쌍한 친구. 내가 어떻게 널 해칠 거라고 생각한 거지, 친구여? 15년 만에 만난 위대한 지성을 이 가련한 손으로 부숴 버릴 거라고 생각하나? 그데코 신화와 아라마테아와 디카르 왕조의 기억을 갖고 있는 너를? 내가 얼마나 그 시대를 그리워하는지 모르겠나? 그곳을 떠나온 것을 얼마나 후회하는지 모르겠나? 진심을 다해 그 시대에서 온 사람이 나타나기를, 나와 같은 인류를 다시 만나기를 얼마나 고대했는지 모르겠나?"

"당신은 착각하고 있어요."

"호오. 내가 착각하고 있는 게 뭘까?"

성하의 손가락이 다시 꿈틀거렸다.

"움직이지 마!"

하지만 성하는 움직였다. 레이저의 빛이 성하의 손가락 끝에서 폭발했고, 성하는 손을 붙잡은 채 뒤로 굴렀다.

"움직이지 말라고 했어!"

명령을 거부당하는 데에 익숙하지 못한 신은 쿵쿵거리며 걸어와 성하의 미간에 총구를 들이대며 히스테릭하게 소리 질렀다. 그때 동력실 안의 불이 꺼졌다. 신은 움찔했지만 당황하지는 않았다.

"수작 부리지 마, 꼬마. 도망칠 생각이겠지만 그렇게는 안 될걸. 내 눈에는 네놈이 똑똑히 보이니……."

그리고 바닥이 사라졌다.

신은 숨을 삼켰지만 간신히 제정신을 유지할 수 있었다.

"내 것보다 좋은 영상기를 갖고 있군. 이런 것으로 나를 위협하려 들어? 내가 미개인인 줄 알아?"

다음 순간, 그는 말을 잇지 못했다. 그가 일생 경험해 본 적도 없는 공포가 두뇌를 엄습해 왔다. 가위에 눌린 것처럼 이성이 뚝뚝 끊어져 나갔다.

이것이 환상이고 만들어진 것이라고 멀리 흩어져 있는 이성이 속삭였지만, 공포의 본능이 완전히 정신을 휘감아 아무것도 생각할 수가 없었다. 숨을 쉴 수도 생각할 수도 들을 수도 볼 수도 움직일 수도 없었다. 살려만 준다면, 이곳에서 내보내만 준다면 무엇이든 내놓겠노라고 그는 다짐하고 또 다짐했다.

그리고 세상이 다시 돌아왔다.

신은 탱크 구석에서 구겨진 종잇조각처럼 새파랗게 질려 웅크리고 있었고, 성하는 여전히 아까 그 모습 그대로 바닥에 누워 있었다.

《신》은, 아니, 한 인간은 그를 보더니 비이성적인 공포에 휘감겨 얼굴을 감싸 안고 울부짖었다. 살려만 주세요. 뭐든지 하겠습니다. 이 어리석은 인간을 용서하세요. 제가 당신을 알아보지 못했습니다……. 그의 머리는 1초에 수백 단어를 쏟아 내었지만, 그의 혀는 움직이지 못하고 괴성만 쏟아 놓았다. 성하는 슬픈 얼굴로 일어났다.

"어째서 당신의 세계가 첫 번째였을 거라고 생각한 거지? 당신이 이곳에 왔듯이, 당신의 세계에도 비슷한 존재가 있었을 거란 생각은 해 보지 않았나? 얼마나 많은 문명이 이 지구를 지나갔고, 얼마나 많은 문명이 사라져 갔는지? 당신의 세계에 '언어'를 전한 존재가 있었을 거란 생각은 해 보지 않았어?"

이미 이성적인 사고를 할 수 없는 그는 울음을 멈추지 못했다.

"당신은 이 세계의 사람들이 당신의 언어와 전구 불빛에 공포를 느끼도록 만들어 놓았어…… 그건 수만 세대에 걸쳐 신앙의 원형으로 남게 되겠지. 나 역시 당신의 세계에서 비슷한 일을 했다."

성하는 뒤를 돌아보았다. 불이 꺼진 기관실에는 비상등이 들어와 있었고, 비상등 아래에는 반짝거리며 움직이는 모빌이 하나 놓여 있었다. 별다를 것 없는 규칙으로 작동하는 간단한 장식품. 불을 끄면 야광夜光처럼 어둠에 반응하는 전파를 발사하여 인간의 머릿속에 화려한 영상을 쏟아놓는다. 어느 평화로운 시대에서 한 이름 없는 예술가에게서 받은 선물이었지만, 그 영상은 이 가없은 광대가 살았던 시대의 악마, 또는 신의 원형이었고, 모든 신과 악마의 모습은 그 원형을 토대로 변형되어 전해졌다.

"의도한 일은 아니었어. 하지만 내가 이곳에 더 머문다면 나는 똑같은 일을 하게 되겠지. 내가 하는 모든 의미 없는 일들이 규약이 되어 사람들을 옭아매겠지. 나는 당신이 하는 일에 관여하고 싶지 않아. 이 세계에 더 이상 아무것도 남기고 싶지 않아. 그리고 어차피 난 당신 시대에 대해 모르니까, 당신이 원하는 대화 상대가 되어 줄 수도 없어."

그는 눈물을 흘리며 성하를 올려다보았다. 성하가 그에게로 걸어가자 그는 맹수라도 다가오는 것처럼 놀라 벽으로 파고들었다.

"부탁을 하나 하겠어."

그는 정신없이 고개를 끄덕였다.

"오늘 내가 한 일을 생각한다면, 날 적으로 삼는 것은 현명한 일이 아닐 거야. 내가 당신보다 강할지도 모르니까. 날 동료로 받아들여. 날 당신의 화신으로, 아니, 당신 자신으로 만들어. 두 개의 교리를 하나로 합쳐 봐. 당신은 똑똑한 사람이니까 가능할 거야. 북쪽 사람들이 원하는 건 당신 말대로 사소하니까. 황금색 대신 초록색 물감을 얼굴에 바르고, 장미꽃 대신 직선 문양을 하고, 하얀 꽃 대신 빨간 꽃을 정원에 심어 봐."

　그는 오직 이곳에서 나가고 싶은 마음에 다시 정신없이 고개를 끄덕였다. 성하는 쓸쓸한 미소를 지었다.

　"여긴 내가 먼저 선점한 곳이니까, 그 정도는 양보해 줘."

　성하는 한 달 뒤, 지구에서는 2천년이 지난 뒤 다시 지구로 돌아왔다. 이곳에 살던 사람들의 흔적은 남아 있지 않았지만, 그 젊은 화가가 벽에 그린 그림은 아직 남아 있었다. 첫 번째 그림 옆에는 우주선을 타고 승천하는 자신의 모습이 그려져 있었고, 깃털을 단 사람들과 달지 않은 사람들이 원을 그리며 서 있는 그림으로 끝이 났다. 그리고 그 아래에는 그 내용을 기록한 듯한 문자가 또박또박한 글씨로 새겨져 있었다. 내용을 읽을 수는 없었지만 성하는 그 문자 중에 '노야'와 '니크'의 이름을 찾아낼 수 있었다. 그리고 다시 2천년이 지나 돌아왔을 때에는 다시 눈보라가 치고 있었고, 바위산은 얼음에 덮여 찾아볼 수 없었다.

세 번째 이야기 :

轉 — 광속도에서 일어나는 일

轉(전) : 옮기다, 바꾸다, 움직이다, 변화하다.

하나의 계界를 회전하고 있는 조그만 계界가 있었고, 그 안에 작은 태양이 하나 있었고, 그 궤도에 붙들려 있는 작은 별이 하나 있었다. 젊었을 때에는 화산이 폭발했을지도 모르고, 영양분이 가득한 바다에서 원시생물이 헤엄쳤을지도 모르고, 어느 시점에서 위대한 문명을 발전시킨 생물이 뒤덮었을지도 모르지만, 지금은 모든 생명 활동을 정지한, 완전히 식어 버린 행성의 시체에 불과했다.

이 별에는 한 가지 이상한 점이 있었는데, 시체가 된 별에는 어울리지 않게, 틀림없이 지적 생물의 손으로 만들어졌을 듯한 수많은 우주선들이

위성처럼 그 궤도를 돌고 있다는 점이었다. 우주선은 부서진 것, 조각난 것, 두 동강이 난 것, 멀쩡한 것, 삐죽한 것, 둥그런 것, 큰 것, 작은 것 등 다양했고, 토성의 띠처럼 이 작은 별을 에워싸고 있었다. 마치 고향을 찾아, 자신의 무덤을 찾아 날아와 죽어 간 새들의 잔해처럼.

그들 중에서 그 배는 유달리 눈에 띄었다. 축이 두꺼운 팽이 같은 모양을 한 그 우주선은 다른 우주선보다 서른 배는 더 거대했다. 그리고 자세히 살펴보면 태양광 반사 이외의 빛이 가끔 창밖으로 흘러나오는 것을 발견할 수 있었다. 내부의 전력이 다 소비되지 않았거나, '살아 있는' 어떤 것이 안에서 움직이는 듯했다. 축의 끝에 있는 문이 활짝 열려 있었는데, 그 안으로 1인승 배는 충분히 선박할 수 있을 만한 화물실이 들여다보였다.

그 배 위로 원반형의 우주선 한 대가 접근하더니 조용히 선착장 안으로 들어갔다. 배는 로봇팔을 내밀어 안쪽 벽에 솜씨 좋게 부착했다.

배가 착륙하자 문이 열리고 우주복을 입은 사람이 밖으로 나왔다. 그는 주위를 둘러보더니 자신의 배를 발판으로 삼아 뛰어올라 모선 안쪽으로 유영해 갔다.

그가 뒤를 돌아 열려진 창으로 우주를 올려다보았을 때, 광막한 어둠이 시야가 닿는 모든 영역에 펼쳐져 있었다. 얼어붙을 것 같은 암흑이었다. 사방을 둘러보아도 겨우 한두 개의 하얀 티끌을 발견할 수 있을 뿐이었다. 본래 우주가 고요한 법이지만, 검은 공간 속에 감돌고 있는 침묵은 섬뜩하기까지 할 정도라, 마치 무덤 속이나 거대한 생물의 시체 속에 들어앉아 있는 듯한 기분을 느끼게 했다. 이 은하銀河는 죽어 가는 듯했다. 오염되었거나 병이 들었기 때문이 아니라 그저 나이가 들어, 무한한 세월을 견디지 못하고 수명을 다해 가고 있는 듯했다.

우주인이 해치를 열고 안으로 미끄러지듯 들어가자 뒤에서 문이 자동으로 닫혔다. 태양빛이 차단되자 안은 완전히 암흑에 둘러싸였고, 이어 천장에서 가스가 쏟아져 나왔다.

우주인은 가스 분출이 멈추자 가스의 구성 성분을 확인하는 기색도 없이 헬멧을 벗었다. 헬멧 안에서 푸욱 숨을 내쉬며 모습을 드러낸 것은 30세 전후의 남자였다. 그는 눈이 어둠에 적응하기를 기다렸다가 서둘지 않고 차분히 벽을 더듬어 안으로 통하는 문을 찾아 열었다. 그는 이전에 이곳에 와 본 적이 있는 사람이거나, 아니면 천성적으로 웬만한 일에는 당황하지 않는 사람일 터였다.

구획을 몇 개 지나자 기압이 다시 낮아졌고, 남자는 다시 헬멧을 머리에 썼다.

우주인이 코너를 돌 때쯤 강렬한 노란색 빛이 그를 덮쳤다. 급작스럽게 쏟아진 광선이 눈을 공격하는 바람에 그는 눈을 뜨지 못하고 손으로 앞을 가렸다.

"☆◎◇□▽!"

"☆◎!"

알 수 없는 언어들이 쏟아지는 동안 청년은 눈을 가늘게 뜨며 발광체의 정체를 확인하려 노력했다. 불빛 사이로 우주복을 입은 직립생물의 그림자가 눈에 들어왔다. 조명은 그의 헬멧에서 나왔고, 한 손에는 뭔지 확인할 수 없는 물건을 들고 있었다.

상대의 목소리가 점점 높아지기 시작했다. 청년은 앞섶을 뒤져 통역기의 스위치를 켰다. 하지만 청년이 미처 언어를 알아듣기 전에 상대가 용수철처럼 뛰어올라 헬멧을 내리쳤다. 예기치 못한 공격을 받고 바닥에 넘어진 청년은 반동으로 크게 튕겨 나왔다. 상대는 그가 움직이지 못하도록 발로 눌러 내리고 다른 발을 복도에 길게 늘어서 있는 고리에 집어넣었다. 뒤늦게야 말을 알아들은 청년은 그 사람이 화를 내는 이유를 조금은 이해할 수 있었다. 그리고 그가 들고 있는 것이 무엇인지도 알게 되었다.

"움직이지 말라고 했어!"

청년은 조금 늦기는 했지만 시키는 대로 움직이지 않았다. 어차피 고정된 발에 깔린 터라 움직일 수도 없었다. 우주복이 방탄이기는 하지만, 또 총의 종류도 알 수 없었지만 선체를 손상시키지 않으려면 레이저든 뭐든 태우는 종류일 것이다.

"헬멧을 벗어!"

상대가 명령했다. 복도의 기압이 낮다는 기억

이 머리를 스쳤지만 청년은 별수 없이 헬멧을 벗었다. 희박한 공기 때문에 침을 삼키고 호흡을 깊이 해야 했다. 상대방을 보려고 했지만 조명 빛이 바로 정면으로 얼굴에 비춰 와 볼 수가 없었다. 빛은 짧게 다듬어진 청년의 머리카락과 조용히 정면을 응시하는 눈동자와 가만히 닫혀 있는 입을 차례차례 훑어 갔다.

"여기서 뭘 하고 있지?"

같은 질문을 해야 할 처지라고 생각했기에 청년은 대답하지 않았다.

대답이 없자 상대는 총구를 겨눈 채로 안쪽 주머니에서 뭔가 빛나는 것을 꺼내 들었다. 날카로운 섬광을 발하는 것이 얼굴에 가까이 다가오자 청년의 눈빛이 조금 변했다. 위험한 일이었다. 우주인이라면 당연히 상대도 알고 있는 일이었다.

청년이 차갑게 노려보는 것도 아랑곳없이 면도칼은 스윽 그의 볼을 긁었고, 상처에서 초록색 핏방울이 물에 번지듯 방울방울 공중에 퍼져 나갔다. 우주복 속의 상대는 잠깐 멈칫하더니 재미있는 것이라도 구경하듯 그의 헬멧 앞을 지나가는 핏방울을 지켜보았다.

"이것 봐라……. 지구인이 아니잖아."

엽록소를 함유한 나노봇에 관해서는 아는 바가 없는 사람인 듯했다. 하긴 그 나노봇을 개발한 문명은 아주 잠깐 지구를 스쳐 갔을 뿐이니까.

"어느 행성에서 온 괴물이야?"

청년은 말없이 한 방울 한 방울 퍼져 나가는 핏방울을 지켜보았다. 생각보다 깊이 베인 것 같았다. 지혈을 하고 싶었지만 움직이게 해 줄 것 같지가 않았다. 청년이 대답하지 않자 상대는 잠깐의 흥미로 누그러뜨렸던 화가 솟구친 듯했다.

"입 열지 못해……."

"뭐 하고 있어, 닉스?"

어눌한 소리가 복도 저쪽에서 흐늘흐늘 날아왔다. 닉스는 청년의 이마에 갖다 댄 총을 허리로 옮기고 뒤를 돌아보았다. 소리가 난 쪽을 본 청년의 눈빛이 다시 변했다. 복도의 손잡이를 잡고 날아오는 우주인은 키가 1미터도 되지 않았다. 정확히 말하면 허리 아래 부분의 하체가 없었다. 우주복이 다리가 없는 것을 고려해서 디자인되어 있는 것을 보면 여행 도중 사고를 당한 것은 아니었다.

장애인이 우주비행사가 되는 것이 이상할 것은 없었다. 우주에서 다리는 거치적거릴 뿐이다. 다리가 없다는 사실이 아무 장애가 되지 않는 것은 물론이다. 성하가 거쳐 왔던 문명 중에는 장애인의 우주 비행을 금지시킨 시대도 있었고, 오히려 장애인을 중심으로 뽑았던 시대도 있었다.

"숨어 들어온 외계인 한 마리를 잡았어."

하체가 없는 사람은 가까이 날아와 청년을 내려다보았다.

"내 눈에는 사람으로 보이는데."

"피가 초록색이야."

반쪽 사람은 공중에 떠 있는 초록색 핏방울을 손으로 만져 보고, 헬멧 가까이 가져가 보았다.

"우린 여러 군데 돌았잖아. 지금 오는 놈들은 다 미래인이라구. 미래의 사람들은 피가 다 초록색이 될지 알게 뭐야."

"정신 나간 소리 마."

"물어보면 알지. 이봐, 자네 지구인인가?"

악의 없는 목소리였다. 두 번째 사람은 '이런 곳'에 있는 사람치고 그런대로 정상적인 정신 상태를 유지하는 듯했다. 청년은 기분이 상해 대답할 기분도 나지 않았지만 조용히 입을 떼었다.

"네."

두 사람은 흠칫했다. 그의 목소리가 입에서, 그리고 통역기에서 이중으로 흘러나왔기 때문이다.

"인간의 언어를 모르잖아? 통역기를 쓰고 있어!"

닉스가 흥분하는 사이, 청년의 목소리가 잔잔한 호수처럼 뒤를 이었다.

"여러분의 언어 체계를 알지 못하면 통역기도 만들 수 없습니다. 제가 외계인이든 지구인이든, 여러분의 세계와 저 사이에 교류가 있었다는 의미입니다."

둘은 잠시 입을 다물었다.

"이것 봐. 제법 똑똑하기까지 하잖아? 마음에 들었어."

"웃기고 있네."

하체가 없는 사람은 잠시 조용하다가 닉스의 코앞으로 유영해 왔다. 무중력의 바다를 헤엄치는 데는 닉스보다 그가 더 능숙한 듯했다.

"적당히 하고 물러나, 미치광이. 그 총탄 하나 낭비해서 외계인 한 마리를 죽이든, 인간을 죽이든, 개구리를 죽이든, 우리에게 무슨 이득이 있다는 거야? 외계인 시체를 팔아먹을 데라도 있어? 미친 짓 집어치우고 비켜나!"

헬멧을 쓰고 있어서 얼굴이 보이지는 않았지만 상당히 무서운 표정을 짓고 있을 것 같았다. 닉스는 피식피식 웃는 것 같더니 청년의 배에서 발을 떼었다. 총구가 치워지자 청년은 상처를 손으로 눌렀다. 피는 다시 생산되겠지만 광합성을 하는 나노봇은 생산되지 않는다. 피를 흘리는 일이 위험한 것은 기압의 문제만은 아니었다.

"첫인상이 더러워서 미안하군. 미쳐서 그렇지 나쁜 놈은 아냐."

딱히 기쁘지 않은 설명이었다.

"필레몬. 자네는?"

"성하."

필레몬은 한 팔로 손잡이를 잡고 다른 손을 내밀었다.

"좋아, 친구.《우주의 끝》에 온 걸 환영한다."

구획 두 개를 지나자 성하는 형광등이 켜져 있
는 방에 도달했다. 갑자기 벽에서 빛이 쏟아지는
바람에 성하는 잠시 눈을 감고 있어야 했다. 형광
등 빛이 비치는 벽이 사실은 천장이라는 것을 안
성하는 바닥을 내려다보았고, 곧 당황했다. 꽃밭
이었다. 통칭 에키온 꽃으로 불리는, 에키온의 영
양분이 되는 열매를 맺는 꽃이 바닥에 빼곡히 깔
려 있었다. 흙은 흩어지지 않도록 투명 플라스틱
통에 단단히 눌려져 있었고, 꽃은 키가 작기는 했
지만 건강했고 색이 붉었다. 중력이 없는 곳에서
이 정도까지 키웠다는 것은 놀라운 일이었다. 물
론 식물도 인간처럼 새로운 환경에 적응하기는
하지만 무중력 공간에서는 '식물 멀미'라고 불리
는 다양한 문제를 일으킨다. 구획마다 꽃의 모양
이 다른 것으로 보아 상당히 다양하게 품종개량
이 된 것 같았다.

"이놈들 때문에 원예사가 다 되었다니까."

필레몬이 헬멧을 벗으며 말했다. 40대 초반으

로 보이는 외모에 곱슬거리는 금발에 주걱턱이었고, 눈은 갈색에 거의 보이지 않을 정도로 작았다. 눈과 입 주위에는 웃는 모양으로 주름이 잡혀 있었고, 좀 더 젊었다면 상당한 미남이었을 것 같았다. 필레몬은 성하를 돌아보더니, 그제야 처음 얼굴을 제대로 보는 것처럼 깜짝 놀란 얼굴을 했다.

"이런, 생각한 것보다 더 어리잖아."

"미래인은 나이도 안 먹나 보지."

닉스가 옷에서 빠져나오며 말했다. 지저분한 은발이 목을 덮고 있었고, 흰 구레나룻이 턱 아래까지 무성하게 난 사람이었다. 나이는 40대 후반에서 50대까지로 보였고, 키도 덩치도 필레몬의 두 배는 되었다. 검은 눈동자는 얼어붙어 있는 듯했고, 입을 열 때마다 상어라도 물어뜯을 듯한 두꺼운 이빨이 번뜩였다.

그는 쓸데없는 일로 시간을 낭비했다는 듯한 얼굴로 방구석으로 이동했다. 벽에는 방의 10분의 1은 차지할 만한 거대한 현미경이 놓여 있었고, 일련번호가 붙은 수십 개의 플라스틱 병이 가지런히 틀에 끼워져 정리되어 있었다. 닉스는 그중 하나를 꺼내어 현미경 아래에 넣고 들여다보기 시작했다.

"품종개량 중인가 보군요."

기구들이 중력을 고려하지 않고 배치되어 있으니 여행 중에 시작한 일은 아니었다.

"그래. 속도를 좀 더 개선해 보려고. 예전 속도로는 지구에 돌아가기도 전에 늙어 죽을 테니까."

지구.

까마득히 먼 옛날 잊힌 별의 이름이 들리자 성하는 조금 놀란 표정을 지었다.

"지구로 돌아갈 건가요?"

"그래."

분사기를 뿜어 꽃밭으로 내려가던 필레몬은 무심히 대답했다가, 질문 자체가 의외라는 표정으로 되물었다.

"달리 갈 곳이 있겠어?"

"지구는 죽었어요."

그 사실에 대해 셋 중 누구도 감정의 동요를 일으키지 않았다. 필레몬은 무심히 입을 내밀었고, 닉스는 현미경에서 잠깐 눈을 떼어 성하를 노려

보았다가 아무 일도 아니라는 듯 다시 렌즈로 눈을 내렸다.

지구는 죽었다.

소행성대에 부딪쳤든, 태양 속에 빨려 들어가 녹아 버렸든, 태양의 인력에서 빠져나와 우주를 방랑하고 있든, 설사 그 모든 일이 일어나지 않았다고 해도, 방대한 시간을 견뎌 내지 못하고 사망했을 것이다.

"알아. 우리 은하계도 안드로메다은하와 짬뽕이 되어 뭐가 뭔지 알 수 없게 되어 버렸겠지. 태양도 폭발했을 거고, 태양계도 다 흩어져 버렸겠지. 그래도 달리 갈 곳이 없잖아. 목적지에 도달했으니……, 집에 돌아가야지. 그게 생물의 본능이잖아? 귀소본능이라고 하지, 왜?"

성하는 미소를 지었다. 지구에서 50억 광년 떨어진 곳에서, 자신들이 살던 시대로부터 50억 년이 흐른 시대에 와서, 은하계와 우주의 멸망을 목전에 두고 있으면서도, 인간은 여전히 카메라를 목에 걸고 공원에 나들이 갔을 때와 비슷한 사고방식을 유지하려고 노력하는 모양이다. 실제 시

간의 흐름은 둘째 치더라도, 최소한 20년 이상 비
행을 했을 그들이 이 정도의 정신 건강을 유지하
고 있다는 것은 놀라운 일이었다.

"무슨 일이 있었지요?"

성하는 거의 무의식중에 질문했다. 필레몬은
당황한 표정을 지었다.

"무슨 소리지?"

"무슨 사고가 있었던 거죠? 처음부터 이곳에 올
예정은 아니었을 텐데요."

필레몬은 입을 다물었고, 닉스는 현미경에 코
를 박은 자세 그대로 얼음 같은 시선을 성하에게
꽂았다.

"왜 그렇게 생각하지?"

필레몬은 이해할 수 없다는 얼굴로 물었다. 성
하는 그가 당황해하는 그 사실을 이해할 수 없다
는 얼굴로 대답했다.

"배가 너무 크니까요."

"배가 큰 게 무슨 상관이지?"

"이런 규모의 배를 건조하려면 국가 단위의 예
산이 필요해요. 국가는 돌아오지 않을 배에 예산

을 들이붓지 않아요. 이 배는 되돌아갔어야 했을 거예요. 최소한 그 국가가 존속해 있는 동안에."

필레몬은 한참 멍하니 성하를 쳐다보다가 히죽 웃으며 닉스를 돌아보았다.

"그것 봐. 내가 똑똑하다고 했지?"

"쓸데없이 똑똑한 건 멍청하느니만 못해."

닉스는 퉁명스럽게 내뱉고는 다시 렌즈를 들여다보았다. 필레몬은 성하에게로 다시 날아올라갔다.

"네 말대로야. 이 배는 원래 인류가 살 만한 다른 행성을 찾아내는 게 임무였어. 원래 예정대로라면 10광년이나 20광년 이내에서 찾아냈어야 했어. 그보다 더 길어지면 이주하는 데도 문제가 되지만, 일단 우리를 보냈다는 사실은 기억하고 있는 시대로 돌아가야 했으니까."

"그런데……?"

"항해병이랄까. 흔히 있는 일이지."

필레몬은 별일 아니라는 듯 고개를 설레설레 저었다. 하지만 성하는 그의 시선 깊숙한 곳에 박혀 있는 고통스러운 기억을 읽어 낼 수 있었다.

"승무원 간의 반목, 반란, 지휘체계의 붕괴, 무질서, 폭력 사태, 폐소공포증, 우울증, 환각 상태, 질병, 돌 수 있는 건 다 돌았지. 미치광이들이 통제실을 점령하고 있는 한 달 동안 우주선은 가속을 멈추지 않았어. 간신히 그놈들을 통제실에서 뜯어내었을 땐 벌써 5만 년이 지나갔더라구."

필레몬은 머리를 긁적였다.

"5만 년이라고. 상상이 가? 왕조 하나가 길어야 500년이야. 인류 문명의 역사가 기껏해야 2만 년이라고. 되돌아가 보기는 했는데, 지구는 얼어붙어 있고, 인류라고는 코빼기도 찾아볼 수 없더라구. 공룡들이 농사를 짓고 있어도 이상할 게 없었지. 예정대로 인류가 살 수 있는 별을 찾아보자고 해도……."

필레몬은 다시 머리를 긁었다.

"……여자가 없었거든. 마지막 여자 승무원이 그 혼란 중에 죽었으니까. 도저히 의욕이 나지 않더라구. 어차피 종족을 보존할 수 없다면 이대로 항해나 계속하자는 의견으로 좁혀졌어. 마침 데이터실에 '우주의 끝'으로 오는 프로그램이 있었거든. 괜찮아 보였지. 낭만적이기도 했고, 목적을 잃은 배에는 아주 적당한 목표인 것 같았거든. 그 프로그램대로 이곳에 오게 된 거지. 오는 도중에도 여러 명 죽고, 남은 건 닉스와 나 뿐이랄까."

성하는 고개를 끄덕였다. 어차피 필레몬 자신은 종족을 보존할 수 없었겠지만.

"사실 좀 실망하기는 했어. 난 우주의 끝에 천국이 있을 거라고 굳게 믿었는데."

"미친놈."

닉스가 눈도 깜빡하지 않고 내뱉었다.

"그래, 그런데 자넨 어떻게 여기에 오게 된 거지? 우주 원형을 주장하던 미친 과학자? 아니면 자살여행? 지구에 진절머리라도 난 거야?"

"그저, 여행이었어요."

성하는 더 이상 덧붙일 설명도 없다는 듯이 조용히 대답했다. 한참 동안 성하를 마주 보던 필레몬은 주걱턱을 쏙쏙 문질렀다.

"뭐, 그럴 수도 있겠지."

필레몬은 더 묻지 않고 말을 이었다.

"그럼 계속할 생각도 있겠지? 둘이서 이 배를

움직이려니 죽을 맛이었거든. 항해사를 하나 더 구하지 못하면 아무 데도 안 가겠다고 떼를 쓰던 참이었어."

"미친놈."

닉스의 얼음 같은 목소리가 들려왔다.

"당장 여기서 내보내."

고전적인 방식에서라면 무게는 속도에 장애가 되지만, 에키온을 연료로 쓴다면 문제가 다르다. 에키온은 질량을 전자 단위로 줄여 속도를 증가 시킨다. 수백 킬로그램의 차이도 결국은 전자 하나의 무게로 줄어든다. 문제는 절대 질량이 아니라 에키온이 얼마나 물체의 질량을 줄일 수 있는가였다. 원리가 알려지지 않은 채 수치부터 나타난 방정식은 역사상 수도 없이 있었는데, 에키온의 압축률 방정식도 그러했다. 에키온의 질량 압축률은 그가 연료로 하는 탄소화합물의 화학식 구조에 따라 결정된다. 그러므로 닉스가 성하를 내보내라는 건 물리학적인 문제는 아니었다.

"닉스, 야박하게 굴지 마. 이 녀석은 우리가 만날 수 있는 마지막 인류일지도 몰라."

"다 필요 없으니까 당장 내보내."

"식량은 걱정하지 않아도 돼요. 형광등 불빛과 수분만 있으면 됩니다. 제 몸 안의 나노봇이 광합성을 하니까요. 간단한 인산염이 있어도 좋지만 굳이 섭취할 필요는 없어요."

성하가 잔잔한 목소리로 대답하자 둘은 다시 멍한 얼굴로 성하를 바라보았다. 필레몬은 한참 입을 벌리고 있다가 어이없다는 얼굴로 히죽 웃었다.

"정말 재미있는 친군데."

필레몬은 성하의 어깨를 툭툭 두드렸다.

"저 녀석은 신경 쓰지 마. 그럼 자네 집이나 가지러 갈까?"

필레몬이 복도의 전원을 켰기 때문에 둘은 벽면에 붙어 있는 손잡이 레일을 잡고 이동할 수 있었다. 불이 켜진 뒤에 보니 복도는 거대한 산업 쓰레기장에 가까웠다. 상자와 책, 우주복, 휴지와 고무공, 온갖 잡동사니들이 구름처럼 둥둥 떠다녔다. 언제 중력의 방향이 바뀔지 모르는 우주선에서 물건을 함부로 놓는 것은 규칙에 어긋나는 일이지만, 수십 년 이상 항해하는 배에서는 어쩔 수 없이 물건이 바닥에 쌓이기 마련이다.

"지저분해서 미안하군. 청소를 안 한 지 오래돼서. 알다시피 이 배는 너무 크거든."

필레몬은 도킹부로 통하는 해치를 열며 말했다.

"가속이 시작될 때는 들어오지 않는 게 좋아. 하늘에서 쓰레기 비가 내릴 테니까."

"배를 별의 궤도에 묶어 둔 건 좌표 고정 때문인가요?"

"아니. 일출을 보려고."

필레몬은 낄낄 웃으며 말했다.

"다른 놈들도 비슷한 생각으로 저렇게 별에 배를 묶어 놓았을 거야. 여기가 지구와 비슷한 점이라고는 해가 뜬다는 것뿐이니까. 향수병이었겠지. 여기까지 와서 말이야."

그는 머리를 긁적거리며 덧붙였다.

"사실 생각보다 많아서 놀라긴 했지만 말야. 이런 미친 짓을 하는 사람은 우리뿐일 줄 알았는데."

"지구인은 많으니까요. 존재하는 프로그램은 쓰

이기 마련이에요. 그리고 저 배들은 몇 세대 동안 쌓였으니까."

"하긴 그렇군."

에어 로크의 문이 닫히자 기압을 조절하기 위해 공기가 빠져나갔다. 패널을 누르던 필레몬은 고개를 갸우뚱하며 성하를 불렀다.

"이쪽으로 좀 와 보겠어? 잘 안 열리는데."

성하는 패널 앞으로 이동했다. 전원이 끊긴 듯했다. 칼로 쑤셔 박은 흔적이 있는 것으로 보아 누군가 일부러 차단한 것 같았다. 필레몬이 말했던 그 혼란 때 다른 승무원의 탈출을 막기 위해 한 일인 듯했다. 수동으로 문을 열어 보려고 했지만 뭔가가 단단히 막혀 열리지 않았다.

"다른 길은 없나요?"

"아무래도 고장 난 모양이군. 반대쪽에도 복도가 있어. 블록 하나를 지나서 전망대를 통해 이동하면 돼."

성하가 패널을 살피는 동안 뒤로 이동한 필레몬의 목소리가 들렸다.

"이런, 어쩌지."

말의 내용과는 달리 당황한 것 같지는 않았다.

"뒷문도 잠긴 것 같은데."

고개를 돌린 성하는 필레몬의 총구가 자신을 향하고 있다는 것을 알았다.

성하는 자신이 이들의 정신 건강에 대해서 과대평가를 했다는 생각이 들었다.

"뭘 원하는 거죠?"

"질문에 대한 성실한 대답."

"대답하지 않을 것 같은 이유라도 있나요?"

"그야 나로서는 알 수 없지."

필레몬은 입가에 미소를 띠었다. 필레몬은 총을 쏘았을 때 반작용으로 튕겨 나가지 않도록 한 손으로 문을 단단히 잡고 있었다. 반동이 있는 종류의 총이 우주 공간에서 거의 쓸모가 없다는 것을 생각하면 그저 위협용으로 갖고 다니는 듯했지만, 방아쇠에 걸린 무게는 진심인 듯했다.

"뭘 알고 싶은 겁니까?"

"자네, 몇 살이지?"

성하는 물길에 몸을 맡기듯 조용히 떠 있었다.

중력이 없는 공간에서는 사람이 총보다 빠를 수도 있다. 지상과는 달리 어느 방향으로 이동할지 예측할 수 없기 때문이다. 하지만 일단 대답할 수 있는 질문이었기에 성하는 움직이지 않았다.

"서른셋입니다."

"생각보다는 많군."

필레몬은 어깨를 들썩였다.

"몇 살 때 출발했지?"

그제야 성하는 필레몬이 무슨 생각을 하는지 알아차렸다.

"제 생체시계만으로 계산한다면 7년쯤 전이었습니다."

"지구에서 여기까지 7년이라."

필레몬은 새침한 눈을 더욱 가늘게 떴다.

"어떻게 그럴 수 있었지?"

"제 배의 최고 속도는 광속에서 $0.5 \times 10{-}18$퍼센트 정도 모자랍니다. 시간압축률은 평균 10억분의 1입니다. 가속 시간을 더해서 그 정도 걸립니다."

필레몬은 성하가 차분히 읊는 것에 잠시 머리

가 멍해진 얼굴을 했다.

"제가 여러분보다 더 미래에서 왔으니까요."

성하는 다소 복잡한 문제에 관해서는 언급하지 않았다. 오래 달린 말이 훈련이 되어 더 잘 달리듯이, 오랫동안 여행한 에키온의 속도는 조금씩 빨라진다. 물론 1년에 1센티미터 더 빨라질까 말까 한 차이지만, 그것만으로도 광속의 99%로 이동하는 환경에서 시간압축률은 기하급수적으로 줄어든다. 필레몬과 닉스의 배에 연료로 쓰이는 에키온이 얼마나 많은 곳을 여행했든 성하보다 더 오래 하지는 않았을 것이다. 50억 년을 달려온다고 해도 에키온은 한 번의 가속을 했을 뿐이다. 미세한 궤도 조정을 제외한다면 플레이아데스 성단까지 갔다 온 것과 훈련의 강도에는 차이가 없다.

"우리가 출발했을 때 지구에 인간은 없었어."

"좀 더 자세히 찾았다면 있었을 겁니다. 인류는 여러 번의 빙하기를 거쳤지만 멸종하지는 않았어요. 물론 이전의 역사의 기억은 모두 잃어버렸지만. 그래도 1만 년쯤 더 기다렸다면 인류가 다시 번성하는 모습을 볼 수 있었을 겁니다."

필레몬의 얼굴에 동요하는 빛이 떠올랐다. 그는 한동안 숨을 진정시키더니 허무한 표정으로 중얼거렸다.

"그랬을 수도 있었겠군."

그는 잠시 생각에 잠겼다가 말을 이었다.

"무슨 음식을 쓰지?"

"전통적인 에키온 식물의 열매입니다."

성하는 그 자리에서 화학식을 읊었다. 필레몬은 고개를 갸우뚱했다.

"고전적인 화학식인데. 이해가 안 가는군."

"제 에키온이 좀 더 뛰어나다고 해 두지요."

"가지러 가야겠군."

필레몬은 갑자기 기분이 좋아진 얼굴로 말했다. 성하는 그가 총을 거두는 것을 물끄러미 지켜보았다.

"더 묻고 싶은 건 없습니까?"

"아니, 됐어. 네 에키온을 이쪽으로 옮겨 와도 되겠지? 어차피 이 배로 옮겨 탈 생각이었잖아."

"외계인일 거라는 의심은 사라진 건가요?"

"아니."

필레몬은 히죽 웃었다.

"외계인이든 지구인이든 네가 맘에 들어."

수많은 에키온들이 발하는 빛이 형광등 불빛처럼 환하게 새어 나왔다. 벽에는 거대한 투명구가 붙어 있었고, 그 안에서 반딧불 같은 에키온들이 제멋대로 부유하고 있었다. 에키온은 이곳에서부터 출발하여 우주선의 벽과 벽의 틈으로 헤엄쳤다가 다시 이곳으로 들어온다. 쉽게 말하면 이곳은 심장이었고 우주선의 벽은 혈관이었다. 피가 산소를 공급한다면 그들은 속도를 공급한다. 우주 공간에서는 구할 수 없는, 정확히 말하면 지구라는 별에서밖에 구할 수 없는 유기화학 영양분을 받기 위해 그들은 기꺼이 우주선이라는 '생물'과 공생하는 길을 택했다. 우주선은 그들에게는 몸이고, 인간은 영양 공급자이며, 세포의 한 종류인 셈이다.

동력실 안으로 들어선 성하는 에키온을 압축 장치에 모으기 시작했다. 에키온을 압축해서 모으면 큰 휘발유 통 하나 크기에 불과하므로 손으로 충분히 나를 수 있었다. 연료를 공급받지 못하면, 에키온은 바이러스처럼 결정화되어 동면 상태에 들어간다. 시동을 끈 지 얼마 안 되는 성하의 에키온은 반은 동면에 들어가고 있었고 반은 활동하고 있었다. 활동하고 있는 에키온은 압축기가 자신을 빨아들이는 것에 놀랐는지 투명구 안에서 이리저리 뛰어다녔다.

따라 들어온 필레몬은 아이들이 뛰어노는 것이라도 보는 듯 흐뭇한 표정으로 투명구에 얼굴을 대고 에키온의 움직임을 지켜보았다.

"내 항해 교관 말에 의하면, 우리가 저놈들을 발견한 것이 아니라 저놈들이 우리를 발견한 것이라고 하더군."

필레몬은 팔 사이로 몸을 한 바퀴 회전시키며, 하체가 존재하는 사람은 불가능한 동작으로, 물론 중력이 있는 곳에서도 불가능한 동작으로, 말했다.

"어떻게 생각해?"

"가능한 일이라고 봐요. 에키온이 필요로 하는

영양분은 지구에서는 품종개량 정도로 만들어 낼
수 있는 탄소화합물에 불과하지만 그런 화합물은
지구 이외의 우주 공간에는 거의 존재하지 않으
니까요."

필레몬은 고개를 끄덕끄덕하고는 질문했다.

"혹시 네 시대에는 에키온이 어떻게 우주선을
움직이는지 알려져 있었어?"

"이론은 많았어요. 우주 공간에 뿌려져 있는 분
자들을 박차고 움직인다고도 하고, 이 생물은 4
차원에 걸쳐져 있어서 4차원에 존재하는 어떤 지
반을 딛고 움직인다는 이론도 있었지요. 하지만
제가 떠나올 때쯤에는 좀 더 재미있는 이론이 유
행했어요."

"어떤 이론이지?"

"일종의 영靈적인 에너지로 움직인다는 가설이
었죠."

"영적인 에너지라."

필레몬은 어깨를 들썩거렸다.

"수행을 많이 한 수도승이 중력의 법칙을 무시
하고 공중에 뜨는 것과 비슷한 원리라는 거예요.

그 역시 4차원과 어떻게 관련이 있는지는 모르겠지만."

"결국 설명이 안 된다는 이야기로군."

"그렇게 해석할 수도 있겠군요."

"광속에 도달해 본 적이 있어?"

성하는 필레몬의 목소리에서 묘한 비장미를 느끼고 그를 돌아보았다. 필레몬은 진지한 얼굴로 성하를 마주 보았다. 만약 성하가 '예.'라고 대답한다면 멱살이라도 잡고 속사포처럼 질문을 쏟아 낼 것 같은 표정이었다.

"지금까지 광속으로 달려왔는데요."

"아니. 광속에 근접한 속도를 말하는 게 아냐. 정확히 '광속'을 말하는 거야. 빛의 속도에 한 치의 어긋남도 없이, 소수점 몇십 번째 자릿수라는 제약을 뛰어넘어 정확히 도달해 본 적이 있어?"

성하는 그가 왜 그런 질문을 하는지 알 수 없었다. 그도 우주인이라면, 에키온을 쓰는 광속 여행자라면 그 정도의 상식은 알고 있어야 했다.

"아뇨."

"그럴 줄 알았어."

필레몬은 실망한 표정을 지었다.

"그건 불가능해요."

"광속에 도달하는 게?"

필레몬의 말 뒤에 '그렇지는 않을 걸'이라는 생각이 숨어서 들려왔다.

"그렇기도 하지만, 광속에 도달했다면 내가 살아서 당신과 이야기를 하고 있을 리가 없으니까요."

필레몬은 몸을 조금 일으켰다. 의아해하는 표정으로 보아 그의 세계에서는 아무래도 그에 관한 이론이 없었던 모양이었다. 상당히 발달한 문명에 극히 간단한 이론이 없는 경우는 많았으므로 이상한 일은 아니었다. 필레몬은 멍하니 성하를 마주 보다가 피식 웃었다.

"어떻게 확신하지? 사실 너도 한 번도 광속에 도달해 본 적이 없다면서."

"의심의 여지가 없어요. 시간이 정지하니까요."

설명이 부족하다는 얼굴이었다.

"다시 말하면, 시간이 완전히 정지하기 때문에, 두 번 다시 감속할 수 없어요. 설령 100만분의 1초 뒤에 감속하려 해도, 그땐 이미 영원의 시간이 지난 뒤니까. 아니, 영원의 시간이 지난다고 해도 100만분의 1초라는 시간은 두 번 다시 오지 않아요. 자동 프로그램을 입력해도 소용없어요. 컴퓨터의 시계 역시 정지하니까. 영원히, 우주의 종말이 올 때까지 여행하다가 이 우주의 소멸과 함께 사라지겠지요. 물론 우리에겐 한순간에 죽음이 찾아온 것과 동일하게 느껴질 겁니다. 느낄 수 있다면 그나마 다행이지만."

필레몬은 볼을 쓱쓱 긁었다.

"그렇군."

그때부터 필레몬은 뭔가 깊은 생각에 잠겨, 모선으로 돌아갈 때까지 한마디도 하지 않았다.

성하는 한 번 우주 공간으로 쫓겨 나갈 뻔했다. 닉스가 배를 정비하고 있던 성하의 이마에 총을 들이대고 밖으로 나가라고 발악하기 시작한 것이다. 밖으로 나가든 그대로 있든 죽기는 마찬가지라 성하는 나가지 않았다. 한창 실랑이를 벌이는 동안 필레몬이 닉스의 목덜미를 잡고 허공을 뒹굴었다.

"두 번 다시 아무도 건드리지 마, 이 미치광이
야!"

필레몬은 닉스의 목에 칼을 들이대고 소리 질
렀다. ─ 아무도. 그 단어가 어쩐지 인상적이었다.

"미친놈."

닉스는 토악질이라도 하듯 말하고는, 필레몬을
떨어뜨려 놓고 아무 일도 없었다는 듯이 안으로
들어갔다.

광속에 근접하면 광행차 효과 때문에 우주선 뒤
의 별빛이 앞으로 모인다. 별빛은 진행 방향으로
조금씩 쏠리기 시작하고, 광속에 가까워지면 거대
한 하나의 태양이 된다. 성하는 아까부터 중력이
예상보다 조금 더 무겁다고 생각하고 있었다.

"사람이 죽을 때에 저런 것을 본다고 하지."

전망대에 서 있는 성하의 뒤에서 필레몬이 말
했다. 가속이 시작되면서 세 사람은 가속 데크로
이동했다. 우주선의 팽이날 부분은 두 부분으로
나뉘어 있었는데, 외부는 회전에 의해 중력이 생
기도록 만들어져 있고, 내부는 가속 시 생기는 중

력 방향에 맞춰 만들어져 있었다. 외부 데크는 우주선이 광속에 접근하면서 가속도가 느려질 때 쓰게 될 것이다. 팽이의 축에서 삐죽이 나와 있는 전망대는 어느 방향으로 중력이 작용하든 상관없도록 반원형으로 제작되어 있었다.

성하는 필레몬을 보기 위해서 시선을 내려야 했다. 중력이 있는 공간에서 필레몬은 키가 1미터를 넘지 않았다. 성하만큼이나 그도 중력에 불쾌감을 느끼는 듯했다. 필레몬은 유모차처럼 생긴 조그만 차에 타서 이동해 왔다.

그때 강렬한 섬광이 몇 가닥 눈을 찔렀다. 성하는 순간 눈을 감았지만 섬광은 눈꺼풀을 통과해 스치고 지나갔다. 필레몬도 눈을 찡그렸다.

"봤지? 너도 봤지?"

필레몬이 흥분해서 떠들었다. 뭘 보았냐는 것인지 알 수가 없었다.

"우주선線 말인가요?"

"그래……."

대답했지만 알고 대답한 것은 아닌 듯했다.

"그게 뭐지? 네 시대에서는 뭔지 알려져 있는

모양이지?"

고도로 발달한 문명에 간단한 이론이 없는 경우는 많았다.

"우주를 이동하는 입자라고나 할까요……."

필레몬은 설명을 들은 뒤에 머리를 긁적였다.

"그러면 광속에 이를 때 일어나는 현상은 왜 그런 거지? 그것도 우주선線인가?"

광속에 이르면 우주선 주위는 빛의 알갱이로 가득 찬다. 희미한 안개 같은 것이 주위를 둘러싸, 마치 천상의 구름 위에 떠 있는 듯한 풍경이 나타난다. 우주선에서 떨어져 나간 미립자가 태양빛에 반사되어 비슷한 현상이 일어날 때가 있지만, 광속도로 움직이는 배는 태양 옆에 멈춰 있지 않다.

"광속으로 이동하는 입자를 광속으로 이동하게 되면서 눈으로 볼 수 있는 거라고 알고 있어요. 일반적으로는."

필레몬은 흥미 있는 미소를 지었다.

"일반적이지 않은 이론으로는?"

"광속으로 이동하는 입자는 눈에 보일 정도로

크지 않아요. 공간 왜곡에 의해 입자의 크기가 왜곡되어 보인다는 설명도 있지만 만약 그렇다면 우리 자신의 영상도 찌그러져 보이겠지요. 뭔가 시각의 왜곡이 있다는 말도 있었고……. 4차원의 영상이라고 주장한 사람도 있었어요."

4차원이라는 말에 필레몬은 고개를 갸웃했다. 역시 익숙하지 않은 개념인 듯했다.

"에키온은 물체를 3차원에서 4차원의 공간으로 띄워 놓고 이동시킨다고 알려져 있어요. 그렇지 않으면 광속에 이르렀을 때 입자에 부딪쳐 우주선이 파괴되어 버릴 테니까. 4차원의 공간이 3차원밖에 인식하지 못하는 인간의 눈에 비치기 때문에 그런 현상이 일어난다고도 해요."

"빨리 달릴수록 더 크게 빛나지. 그렇지?"

"예."

성하는 여전히 중력이 조금 무겁다고 생각하며 대답했다. 조금 전에 무게를 재 보았지만 속도에는 이상이 없었다. 하지만 어차피 저울이 잴 수 있는 것은 나노그램 단위에 불과하다. 물론 정상적인 인간이 느낄 수 있는 단위는 킬로그램 단위에 불과하겠지만, 오랫동안 경험이 쌓인 인간의 감각이란 때로 정밀한 기계보다 더욱 정밀할 때가 있다.

"아름답지. 난 아마 그 풍경 때문에 이 미친 여행에 빠져든 것 같아."

"지구에 돌아가면 어떻게 할 건가요?"

사실 성하는 조금은 걱정하고 있었다. 그는 여전히 우주의 크기에 대해 이들과 다른 개념을 갖고 있었다. 우주가 50억 광년보다 크다면, 지금처럼 진행 방향으로 계속 가면 지구로 돌아가는 게 아니라 지구에서 더 멀어지게 된다. 물론 그 자신은 처음부터 그럴 계획이었지만, 이 둘에게는 문제가 될 것이다.

"글쎄."

필레몬은 머리를 긁었다.

"그때가 되면 일단 너무 늙겠지만, 살아 있다면 뭐……, 다시 돌아가지 않을까?"

성하는 조금 놀라고 말았다.

"다시……?"

"닉스는 아무래도 속도 개선 문제에 남은 인생

을 바치기로 결심한 것 같거든. 에……, 그러려면 어디든 가야 하겠지? 하지만 우리가 살던 시대에 있던 항로 중에서 지금 쓸 수 있는 건 그것뿐이니까."

성하는 조금 불길한 생각이 들었다. 그는 여러 번 그런 사람들을 만나 왔었다. 우주가 아니라 광속에 매료된 사람들을. 갑자기 중력에 생각이 미쳤다. 성하의 생각을 눈치챘는지 필레몬이 히죽 웃었다.

"무슨 생각을 하는지 알아. 그래, 닉스는 속도광이야. 카레이서 같은 놈들은 발끝에도 미치지 못할 정도의 속도광이지."

"우주에서는 속도를 느낄 수 없는데요."

"그러게 말이야."

성하는 생각에 잠겨 있었기 때문에 대답하지 않았다.

닉스는 사라진 성하를 찾기 위해 모니터실에 들어갔다. 감시 카메라를 켜기 위해서였다. 쓸데없는 곳에 전력을 낭비하게 됐다고 투덜거리며 방에 들어선 닉스는 거의 숨이 멎을 듯이 놀랐다. 빼곡히 적힌 수학식이 왼쪽 천장에 붙은 모니터에서부터 방 안을 빙 둘러싸 오른쪽 아래에서 끝나고 있었고, 그나마도 자리가 모자라 조금씩 왼쪽으로 이동하고 있었다. 성하는 모니터 앞에 조용히 서 있었다. 아무래도 거대한 종이가 하나 필요했던 것 같았다.

"뭘 하는 거지?"

"당신이 만든 화학식을 질량변환식에 대입해 보고 있어요."

성하는 돌아보지도 않고 말했다. 아직 식을 검산하고 있는 듯 입이 중얼중얼 움직이고 있었다.

"나밖에는 풀지 못할 거라고 생각했는데."

"예. 어려웠어요."

나름대로 찬사인 것 같았다. 닉스는 그 말에 섞인 뉘앙스에 슬쩍 비웃음을 흘려보냈다.

"곱셈과 나눗셈 식에 근소한 플러스 값이 있었어요."

"하고 싶은 말이 뭐야?"

"가속 시간을 줄여야 해요."

성하는 닉스를 돌아보았다. 그 말에 걱정 이외에 어떤 다른 감정도 섞여 있지 않은 것을 깨달은 닉스의 입에 미소가 떠올랐다. 닉스는 뚜벅뚜벅 성하의 뒤로 걸어와 바로 앞에서 그를 내려다보았다. 그 눈을 올려다본 성하 역시 이미 문제를 깨닫고 있었다. 닉스는 알고 있었다. 그리고 가속 시간을 줄일 생각도 없었다.

"왜 그런 소리를 하지?"

"이대로 2개월 더 가속하게 되면 이 배는……."

"광속에 도달할 거다."

닉스는 성하의 말을 대신 받았다. 성하의 눈빛이 변했다.

"인류 역사상 처음으로, 아니, 인류는 이미 시간의 저편으로 사라져 갔으니 조금 늦기는 했지만. 한 치의 차이도 없는 정확한 광속에 도달하게 될 거야. 인류 최후의 업적이 되겠지. 너는 영광스럽게도 그 역사의 자리에 서 있는 셈이고."

닉스는 선교사처럼 환하게 웃고 있었다. 성하는 목이 마르는 것을 느꼈다. 닉스는 반쯤 미쳐 있었지만 분명 반은 제정신이었다. 그리고 지금은 그 어느 때보다도 제정신이었다.

"죽게 돼요."

닉스는 턱수염이 난 턱을 쓱쓱 문질렀다.

"이미 죽은 지구의 수백억 영혼들이 이 배에 달라붙어서, 왜 아직도 오지 않느냐고 아우성치고 있지. 50억 년 동안 말이야. 이젠 아주 지긋지긋해."

"……."

"살고 싶은 건가, 젊은 친구? 살아서 대체 뭘 하려고?"

닉스의 마지막 말은 질문이었지만 성하는 대답하지 않았다. 성하는 닉스를 밀치고 가려고 했지만 그의 거대한 팔에 붙들려 꼼짝할 수 없게 되었다. 중력이 있는 공간에서 성하는 닉스에게 힘으로 대항할 수 없었다.

"어디 가는 거냐?"

"가속을 멈춰야 해요."

"그건 곤란해."

닉스는 쯧쯧 혀를 찼다. 성하는 몸을 움직이려고 했지만 닉스는 더 단단히 잡고 놓아주지 않았다.

"너는 똑똑한 녀석이니까. 돌아다니게 놔두면

프로그램을 바꿔 버리겠지. 그건 곤란해. 정말 곤란해. 인류의 위대한 마지막 행보를 그런 식으로 방해하면 곤란하지."

성하는 마지막으로 힘을 써 보았지만, 닉스가 그의 머리를 잡고 계기반에 들이박는 바람에 그대로 의식을 잃고 말았다.

"먹지 않아도 되는 건 사실인가 봐."

한쪽 팔이 수갑에 채워진 채로 침대에 죽은 듯이 누워 있던 성하는 낮게 들리는 목소리에 고개를 들었다. 성하는 필레몬을 물끄러미 보았다.

"수분은 필요합니다."

필레몬은 키득 웃었다.

"여전히 네가 마음에 들어."

필레몬은 빨대가 달려 있는 플라스틱 물통을 성하의 머리맡에 내려놓았다.

성하는 마른침을 삼켰다. 수분은 뇌에서도 빠져나간다. 생각을 제대로 할 수가 없었다.

"가속을 멈춰야 해요."

성하는 간신히 그 말을 떠올려 입에 담을 수 있

었다.

"그건 우리가 결정해."

"죽게 될 거예요."

"상관없어. 닉스와 나는 통하는 게 없지만 한 가지 점에서는 동의하고 있으니까. 우리는 광속으로 달릴 거야. 인류 역사상 처음으로 광속에 도달할 거라고."

"느낄 수 없을 거예요."

"상관없어. 알아? 지금 이 배는 너무 느려. 굼벵이처럼 느려. 느려서 참을 수가 없어, 알아?"

필레몬의 높은 목소리가 귀를 찔러 대는 바람에 현기증이 일었다. 성하는 한참 숨을 몰아쉬다가 간신히 입을 열었다.

"……에키온 병이에요."

"뭐?"

"오랫동안 광속 여행을 한 사람이 걸리는 병입니다. 에키온의 의지가 사람의 두뇌에 침입해서, 속도밖에는 생각하지 못하는 사람이 되는 겁니다. 광속에 도달하고 싶어 하는 건 당신이 아니라 이 우주선이에요."

필레몬은 오랫동안 성하를 마주 보았다.

"그럴지도 모르지."

필레몬은 손이 거의 닿지 않는 곳으로 물통을 옮겨 두고는 밖으로 나갔다.

중력은 서서히 줄어들었다. 우주선 바닥에 놓인 물건들이 마법에라도 걸린 듯 하나둘 떠올랐다. 배가 최대 가속에 가까워졌다는 의미였다. 에키온은 배에 동일한 힘을 가하지만, 빛의 속도에 근접하면 에키온이 질량을 줄이는 만큼 질량이 늘어나기 때문에 가속도는 점점 줄어든다. 동시에 중력도 0을 향해 가고 있었다. 공기 중에는 빛의 안개가 느긋한 가락에 맞춰 춤을 추듯 흘러갔다. 성하 자신도 안개처럼 공중에 떠 있었다.

문이 열리자 필레몬이 플라스틱 물통을 들고 안으로 쓰윽 날아 들어왔다.

"오랜만이야."

성하는 꼼짝도 하지 않았다.

"좋은 소식을 알려 주지. 이제 곧 광속에 도달하게 될 거야. 하루일지, 이틀일지, 몇 시간 뒤일지는 알 수 없지만, 어쨌든 얼마 남지 않았어. 피부로도 속도를 느낄 수 있거든. 기쁘지?"

성하는 여전히 움직이지 않았다. 필레몬은 '이것은 우리에게는 작은 한 걸음이지만 인류에게는 위대한 마지막 걸음이다.' 같은 대사에 가락을 붙여 흥얼거리면서(그의 시대에도 이런 말을 한 사람이 있었던 모양이다.) 물통을 성하의 손이 닿는 곳에 띄워 놓았다. 하지만 물통이 손에 닿는데도 성하는 여전히 움직이지 않았다. 그제야 필레몬은 이상한 것을 느끼고 성하의 안색을 살폈다.

"……이봐, 무슨 일이야?"

필레몬의 눈이 성하의 손 아래에 놓인 플라스틱 물병으로 향했다. 2주일 전에 가져온 물병에는 아직 반 이상이나 물이 남아 있었다. 필레몬은 놀라 물병을 자세히 보려고 고개를 숙였다……. 그때 갑자기 깨알 같은 물방울이 필레몬의 얼굴에 흩뿌려졌다. 땅으로 떨어지지 않는 물방울 분자가 필레몬의 코로 공격해 들어왔다. 숨을 쉴 수 없게 된 필레몬은 당황해 성하가 묶여 있다는 사실도 잊고 허리를 더듬어 총을 꺼냈다. 하지만 필

레몬이 몸을 고정시키기 전에 성하의 손이 필레
몬의 손보다 먼저 방아쇠를 당겼다. 총탄이 바닥
에 튀었고 필레몬은 반동으로 벽에 머리를 부딪
치고 튕겨 나왔다. 방이 크지 않았기 때문에 필레
몬은 성하의 손이 닿는 곳으로 날아왔다.

성하는 필레몬의 몸을 붙잡고 깊게 한숨을 쉰
뒤에, 그의 주머니에서 열쇠를 찾았다.

문을 나서자마자 강렬한 섬광이 성하의 눈을
공격했다. TV의 영상이 수억 개가 겹쳐서 달려드
는 듯한 혼란스러운 영상이었다. 성하는 잠시 영
문을 모르고 눈을 가린 채 그 자리에 멈춰 섰다.
우주선線이 그 어느 때보다 더 강하게 공간을 흐
르고 있었다. 성하는 이 배가 자신이 지금까지 달
려온 그 어느 때보다 더 빨리 움직이고 있다는 것
을 깨달았다. 세상이 1초에 수백만 년은 흐르고
있는 듯했다. 이 속도라면 광속에 이르지 않는다
고 해도 하루 만에 우주가 수명을 다해 버린다.
성하는 주위를 둘러보았다. 복도가 빛으로 넘실
대었다. 황금색의 섬광이 기운차게 우주선을 꿰

뚫으며 흘렀고, 무지갯빛 안개가 다이아몬드처럼 반짝였다. 무슨 일이 일어나는지 알 수 없었지만 생각할 시간도 없었다.

성하는 공중에 떠다니는 쓰레기 사이를 지나 동력실로 향했다. 에키온은 기뻐하고 있었다. 흥분과 기쁨이 동력실에 가득 넘치고 있었다. 에키온은 그 쾌락과 환희의 순간에 깜깜한 압축장치로 들어가는 것에 격렬히 저항했지만, 10여 분간 투쟁하자 압축기의 힘만으로는 설명할 수 없는 방식으로 빨려 들어오기 시작했다. 근거는 없었지만, 성하는 원래 자신의 우주선에 있던 에키온이 조금 아쉬워하며 그에게 돌아오고 있다는 생각을 했다.

화물실로 가는 문은 여전히 열리지 않았다. 성하는 한참을 그 앞에 서 있다가 포기하고 복도를 돌았다.

피로 때문에 환각을 보는 모양이었다. 섬광이 눈과 뇌에 계속 점멸했다. 빛이 온 우주에 가득 찬 듯했다. 한순간 어떤 영상이 나풀거리며 성하의 얼굴을 향해 날아왔다가 그를 통과해 뒤로 지나갔다. 성하는 잠시 놀라 멈춰 섰다가 고개를 흔들며 다시 이동했다.

닉스는 전망대에 팔짱을 끼고 떠 있었다. 정지한 모습으로 보아 몇 시간이고 그렇게 있던 것 같았다. 성하가 문을 열고 들어오는 소리가 들렸을 텐데도 뒤를 돌아보지 않았다. 성하는 반대편 복도로 향하는 문으로 이동하지 않고 잠시 멈춰 서서 닉스를 돌아보았다.

광행차 현상으로 창에는 거대한 태양이 빛나고 있었다. 빛이 최대 각도로 기울어져, 뒤에 있는 별은 물론이고 이 우주의 모든 별이 배의 진행 방향 한 점에 집중되어 있었다. 마치 거대한 빛의 터널처럼 보였다.

"사람이 죽을 때 저런 것을 본다고 하지."

닉스는 조용히 중얼거렸다. 성하는 대꾸하지 않았다.

"내가 나가라고 했을 때 진작 나갔으면 좋았을 텐데. 벌써 바깥은 수십억 년이 지나갔을 거야. 우주가 없어지기 전에 나가려면 서둘러."

성하가 그래도 움직이지 않자 닉스는 찬찬히 뒤를 돌아보았다. 분노, 질타, 동정, 공감, 만류, 포기 같은 몇 가지 감정이 짧은 시간동안 성하의 시선에 떠올랐다가 사라졌다.

"무질서, 체제의 붕괴, 미친 사람들, 가속을 멈추지 않았다……."

성하는 중얼거렸다.

"당신이 일으킨 일이었지요."

닉스는 한참 성하를 마주 보다가 천천히 대답했다.

"기억나지 않아. 어차피 미쳐 있었으니까. 병에 걸렸는지도 모르지. 이 광속의 세계라는 마약에 중독되어 있었으니까."

"……."

"그래도 20년이나 지났는데. 아니, 50억 년이나 도망쳤는데. 우주의 끝까지 도망쳐 왔는데……."

닉스는 다시 창을 내다보았다.

"아직도 모두들 이곳에 있었어……."

성하는 자신이 오래 지체했다는 것을 알았다.

필레몬이 성하의 배 앞에서 기다리고 있었다. 성하는 묵묵히 그 앞에 마주 섰다. 필레몬은 의미가 없다는 것을 아는지 총을 들지 않았다.

"어디로 갈 거지?"

"어디로든."

"너도 병에 걸려 있군."

"그래요."

필레몬은 고개를 젖히며 유쾌하게 웃었다. 그 주위를 빛의 안개가 둘러싸고 있었다. 빛은 살아 있는 양 그들의 주위를 뛰어놀았다. 획획 지나가던 섬광의 속도가 느려지고 있었다. 속도가 느려진다는 것은 그들을 둘러싼 것이 《빛》그 자체가 아니라는 의미였다. 빛의 속도로 움직이고 있던 《어떤 것》이라는 의미였다. 광속으로 이동하고 있었기 때문에 지금까지 눈으로 볼 수 없었던 것이다. 무엇인지 모르지만, 오래전부터 이 우주선의 항로를 따라 같이 비행하고 있었다.

"어서 가."

"죽게 돼요."

분사기에 손을 대던 필레몬은 동작을 멈추고 성

하를 마주 보았다. 멍한 얼굴을 하던 필레몬은 다시 낄낄거리고 웃었다. 푸르고 붉고 노란빛이 흘렀다. 섬광이 더욱 느려졌다. 곧 형체가 보일 것 같았다. 곧……, 광속에 도달하는 그 순간…….

"여자가 하나 있었어."

필레몬은 미소를 띠며 말했다.

"사랑했지. 많이 사랑했어. 뭐, 이런 몸이긴 하지만 그 여자도 그랬으니까. 죽었지."

필레몬의 말은 뚝뚝 끊겼다. 조금이라도 감정이 흘러나오지 않도록 입을 뗄 때마다 지근지근 마음을 밟고 있었다. 성하는 그 짧은 말에 담겨 있는 무시무시한 고통을 읽어 내었다.

"저 녀석, 닉스가 미쳐서 이 사람 저 사람 죽이고 다니는 동안에, 사고이긴 했지만, 어쨌든 죽었어. 사고이긴 했지만, 어쨌든 저 녀석이 발광하다가 죽였으니까. 뭐, 녀석도 그걸 아니까, 내 주장에 반대하지 못하더라구."

"그래서 죽을 생각을 했나요?"

필레몬은 고개를 저었다. 그의 얼굴이 환하게 빛났다.

"아니, 다시 만날 생각을 했어."

그 순간 성하는 분명히 보았다. '그것'을.

"넌 똑똑해 보이지만, 이 빛에 관한 설명은 틀렸어. 난 이게 뭔지 알아."

✳

섬광은 이제 눈에 띄게 느려졌다. 우주의 바다를 꿰뚫고 지나가고 있던 우주선線이 모습을 드러내기 시작하더니, 차츰 그 빛을 강렬하게 내뿜기 시작했다. 배의 속도가 그들의 속도에 근접하여 빛의 형태가 점점 확실해졌다. 광속으로 날고 있기 때문에 지금까지 '늦게 날던' 그들의 눈으로 확인할 수 없었던 것들이.

필레몬은 눈을 크게 떴다. 새하얗고 눈부신 빛. 셀 수도 없는 많은 빛들이 그들의 주위를 둘러싸고 있었다. 빛의 구체에서 하얀 팔이 나왔다가 사라지고, 얼굴이 나타났다가는 사라졌다. 가벼운 웃음소리와 재잘대는 소리가 떠올랐다가는 사라졌다.

해류를 따라 떼 지어 헤엄쳐 가는 무수한 하얀 물고기 떼처럼, 그들의 주위를 온통 빛나는 영혼의 무리가 둘러싸고 있었다. 인간인 것, 식물인 것, 부정형인 것. 곤충, 벌레, 정체를 알 수 없는 것. 시간이 정지해 버린 영원의 세계를 살고 있는 무리들. 필레몬은 입 안 가득히 미소를 머금었다.

필레몬은 팔을 내저으며 기쁨에 차 여자의 이름을 불렀다. 여자의 모습을 한 빛 덩어리가 아이 같은 웃음소리를 내며 필레몬의 품에 안겼다. 필레몬은 여자를 껴안았고 동시에 자신의 몸에서 빠져나왔다. 두 빛 덩어리는 서로 이리저리 엉키더니 하나가 되어 버렸다.

닉스는 멍하니 자신의 주위를 둘러싼 것을 보고 있었다. 반은 인간이고 반은 다른 생물과 합쳐진 모양의 빛 무더기가 그의 앞에서 날고 있었다. 그들의 얼굴에 원한의 빛은 없었다. 그저 닉스의 멍한 표정을 재미있다는 얼굴로 지켜보고 있었다. 좀 더 길고 오래된 기억이 덮어씌워져, 그들의 영혼을 뭔가 다른 것으로 바꾸어 놓은 것 같았다. 그가 살아오며 만난 모든 사람들이 그의 주위에서 즐거운 듯 움직였다. 닉스가 그들을 잠깐 바라본 순간 우주가 수만 번은 죽었다가 다시 만들어질 만한 영겁의 시간이 흘러갔고, 닉스 자신도 우주의 죽음과 함께 자신의 몸에서 빠져나와 그들과 합류했다.

그들이 이동하는 방향으로 거대한 빛의 터널이 눈부시게 타올랐다. 죽음의 순간에 사람들이 본다는 거대한 빛의 동굴처럼. 광속으로 이동하는 사람의 눈에만 보이는 터널로, 시간이 흐르지 않는 세계로.

*

성하는 눈을 뜨고 주위를 둘러보았다. 배는 보이지 않았다. 빛의 속도에 들어섰으므로 이미 빛으로 사물을 감지하는 그 어떤 생물의 눈에도 보이지 않는 영역으로 들어가 버렸다. 배는 무한의 시간 속으로 빠져들었고, 우주가 끝나는 날까지 영원한 항해를 하게 될 것이다.

성하는 의자에 몸을 고정시킨 채로 우주를 올려다보았다. 여전히 검은 침묵의 우주가 펼쳐져 있었지만, 그는 우주가 영혼으로 가득 차 있는 듯한, 그의 주위를 눈에 보이지 않는 속도로 이동하고 있다는 느낌에 사로잡혔다. 또 언젠가 자신의 수명이 다했을 때, 시간의 흐름조차도 느껴지지 않는 짧은 시간이 지난 뒤에, 다시 두 사람을, 그리고 그가 스쳐 만났던 모든 사람들을 다시 만날 것 같은.

네 번째 이야기 :

合 — 네 번째의 축으로 가는 법

合(합) : 만나다. 여럿이 모여 하나가 되다. 합하다.

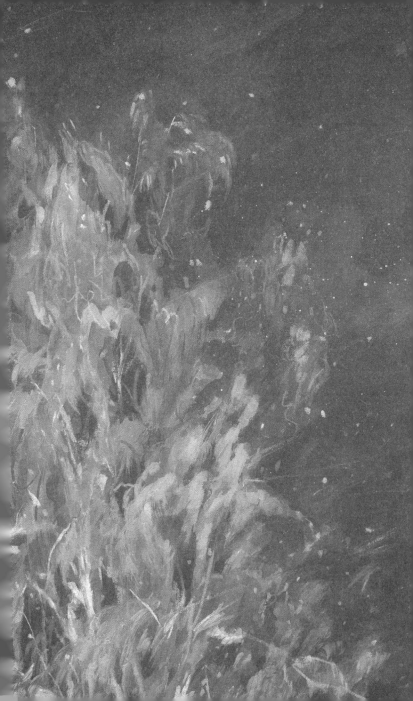

'의식'은 오랫동안 ― '오래'라는 개념이 얼마나 긴 시간을 함축할 수 있는지 모르지만 ― 공간空間을 떠돌고 있었다. 만약 공간이라는 단어가 '비어 있다.'는 의미를 갖는다면, 그보다 더 적절하게 그 세계를 표현할 수 있는 단어는 없으리라.

　시각중추를 가진 이 생물이 눈을 뜨면, 아득히 먼 곳에서 조그맣게 반짝이는 것들을 볼 수 있었다. 그것은 오랜 옛날, 역시 이 단어가 얼마나 긴 세월을 표현할 수 있는지 몰라도, 별의 무리, 또는 은하, 또는 성단으로 불리던 발광체發光體들이었고, 만유인력의 신비한 법칙에 의해 상호작용하며 복잡한 궤도를 운행했던 물질이었다. 그러나 '생물'은 그 빛 역시 환상임을 알고 있다. 그의 눈에 영상을 뿌려 주는 빛은 이미 수백만 광년을 날아온 것이고, 그 빛을 뿜어내었던 성계는 지금은 존재하지도 않는다는 것을.

이 우주의 모든 것은 죽었다. 오래된 시간은 질병처럼 살아 있는 모든 것을 죽음의 나락으로 끌고 들어간다. 환생의 고리도 윤회의 흐름도 끊어졌으리라. 환생한 영혼을 담을 생물이 더 이상 이 우주에 남아 있지 않으므로. 천국과 지옥마저 먼지가 되었을 것이고, 저승의 유황불조차 엔트로피의 증가를 견디지 못하고 원자 단위로 분해되어 버렸으리라. 오직 무한한 시간을 사는《빛》만이 아직 생존하여, 우주가 살아 있었던 때의 영상을 이쪽에서 저쪽으로 옮길 뿐이었다. 빛이 여행을 계속하는 한 우주의 모든 순간의 영상은 영원히 우주를 떠돈다. 모든 죽은 별은 우주의 어딘가에서 아직도 빛나고 있다. 이 세계가 탄생된 후 조兆 단위의 연도가 지났건만, 우주가 탄생한 순간 시작된 최초의 빛은 아직도 그 영상을 품은 채 비행하고 있다. 그러나《빛》안에서는 시간이 흐르지 않으므로 빛 자신은 그 시간을 느끼지 못한다. 우주의 탄생과 종말은《빛》에게 순간이다. 빛은 아득한 시간을 살지만 태어난 순간 죽는다. 자신이 존재했었다는 사실조차 알지 못한다.

'생물'은 눈을 감았다. 죽은 은하로부터 날아오는 바늘구멍 같은 빛으로는 그의 손바닥조차도 내려다볼 수 없었다. 손을 더듬어 보아야 그가 아직도 티타늄 껍질로 만들어진 기계 안에 앉아 있음을 느낄 수 있을 뿐이다. 잠이 들고 깨는 것도 알 수가 없었다. 이전에는 빛이 세상을 비출 수 있었던 시대의 꿈을 꾸기도 했지만, 이제는 꿈속에서조차 암흑 공간을 떠돌았다. 눈을 뜨고 감는 것도, 의식을 잃고 되찾는 것도 느낄 수 없었고, 그가 살아 있는지 죽어 있는지조차 정확히 판단할 수 없었다.

그래서 어떤 '파장'이 그의 안으로 스며 들어왔을 때, 그는 자신이 꿈을 꾸고 있다고 믿었다. 그 자극은, 그럴 리가 없겠지만, 거의 '살아 있는' 듯했기 때문이었다.

— 당신은 누구지요?

'파장'이 말을 걸어왔다. 그 목소리는 귀에 걸려 있는 고막이 아니라 뇌의 언어중추를 직접 자극해 왔다. 그가 어떤 '자극'에 대해 반응해 본 것은 까마득한 옛날이었기 때문에, 그의 두뇌가 정신을 차리고 움직이는 데에는 시간이 걸렸다. 아니, 그는 정말로 오랜만에 자신에게 두뇌가 있었다는 것을 깨닫고 있었다.

— 어떤 의미로 묻는 겁니까?

그는 신중하게 되물었다. 만약 이곳이 먼 옛날 그가 살았던 별 위였다면, 이름을 말하는 것으로 좋을 것이다. 하지만 이곳은 그의 별이 아니었고, 그가 살았던 은하도 아니었다. 상대가 다른 별의 생물이라면 지구인이라고 대답해야 할 것이다. 상대가 다른 은하의 생물이라면 자신의 은하를 설명해야 할 것이다. 만약 상대가 생물이 아니라면……. 그는 이어서, 자신이 배열한 기호의 조합은 그가 오랜 옛날에 살았던 세계에서나 통하는 것이었다는 사실을 기억했다. 그리고 공기의 파동을 매개체로 쓰는 대화 방식은 이 '비어 있는' 우주에서는 통하지 않는다는 사실도 기억했다. '파장'은 그의 말이 아니라 생각의 저변으로부터 대답을 얻고 있었다. 파동은 작은 요정처럼 그의 두뇌 속을 탐색하듯이 흘러 다녔다. 그는 상대가 자신의 의식 속을 탐색하도록 내버려 두었다.

— 당신은 탄소화합물로 이루어진 신경계 속에 갇혀 있군요.

파동이 놀라움을 표시하며 말했다.

— 당신을 뭐라고 불러야 하지요?
— '성하'.

상대는 이해하지 못한 듯했다.

— 성하, 그것이 뭘 의미하지요?

— 제가 갇혀 있는 탄소화합물을 구분하는 이름입니다.

성하는 약간 시간을 들인 뒤에 대답했고, 상대방도 약간 시간을 들인 뒤에 이해했다.

— 당신 말대로군요. 당신의 의식은 그 신경계와 너무 단단히 결합되어 있어서 도저히 침투할 수가 없어요. 우리 둘은 분명 '구분된' 존재로군요. 그러면 당신이 나를 부르는 이름도 필요하겠군요. 원한다면 나를 '클러스터cluster'라고 불러도 좋아요. 당신의 의식 속에서 찾아낸 기호예요. 내 상태를 설명해 주기도 하고, 당신의 이름과 같은 의미이기도 하지요. 그렇지요? 이미 그 이름이 뜻하던 존재도— '별들'도, 이 우주에는 존재하지 않지만요.

성하는 클러스터가 여성이라는 느낌을 받았다. 생각해 보면 '중성'이라는 의미에도 여성적인 느낌이 강하게 배어 있다. 만약 '집단의식'에 굳이

성별을 붙여야 한다면 여성일지도 모른다. 아니면 단순히 이 종족의 특징일지도 모르고.

— 왜 그 안에 갇혀 있지요?

성하는 뭐라고 대답해야 할지 알 수 없었다. 클러스터는 성하의 신경세포를 따라 이동하며 그의 몸 안을 구석구석 뒤졌다. 성하는 클러스터의 크기를 가늠할 수 없었다. 그는 한 은하의 크기에 가까웠고 분자보다도 작았다. 우주선 전체를 감쌌다가도 다시 축소되어 그의 혈관 속을 흘러 다녔다. 마찬가지로, 클러스터는 성하의 크기가 한정되어 있다는 사실에 대해 몹시 당혹해하는 것 같았다.

— 그런 형태로는 생존할 수가 없어요. 당신을 둘러싸고 있는 그 구조물이 묶어 두고 있는 기체만 밖으로 흩어져 나가도 수십 초 만에 사망하게 될 거예요. 그리고 그 화학식을 유지하기 위해서는 화학적인 에너지가 필요해요. 당신과 비슷한 구조의 화합물을 지속적으로 섭취해야 해요. 당

신이 들어가 앉아 있는 그 물질은 이 우주에서 극히 희귀한 물질인데……. 이런, 맙소사!

   클러스터가 무엇에 놀랐는지는 어렵잖게 추측할 수 있었다. 그 순간에 성하는 까마득히 오래전에 잊어버렸던 자신의 별을 떠올렸기 때문이었다. 지상에 가득히 번식했던 사람들과 나무와 풀. 공룡들이 거대한 야자수 잎을 뜯어먹던 시대의 풍경까지.

   — 제가 살았던 시대에서는 이 모습이 합당한 진화 형태입니다.
   — 세상에. 믿을 수가 없군요. (이런 세상에.) (놀라운걸.) (어머나.)

   놀라는 바람에 클러스터의 의식은 잠시 흩어졌는데, 성하는 수많은 영혼들이 웅성거리며 그의 주위를 헤엄쳐 다니다가 다시 합쳐지는 듯한 느낌을 받았다.

— 《시간 여행자》로군요.

— 예.

— 시간 여행자를 만난 지 너무 오래되어 떠올리지 못했어요. 게다가 당신과 같은 형태의 생물은 처음이라서요.

— 그 전에는 어떤 생물이었지요?

— 반∗무기물 형태의 결정생물이었지요. 당신이 앉아 있는 그런 집을 안고 과거에서 날아왔어요. 당신이 지금 들어가 앉아 있는 것과 비슷한 물질도 몇 번 보았지만, 생물은 아니었지요.

죽은 시체였다는 의미인 것 같았다. 그런데 반무기물 형태의 생물이라는 것은……

— 당신도 같이 오지 않았나요?

에키온.

— '연료'라.

클러스터는 성하가 떠올린 의식의 심층까지 읽어 내었다.

— 그런 개념이로군요. 그래도 그의 신체는 당신보다는 효율적이에요. 잠들어야 하기는 해도 적당한 환경이 올 때까지 신체를 동결시킬 수 있으니까……. 아마 이제 그런 환경은 돌아오지 않겠지만요. 이 우주에 당신과 당신 친구가 이용하는 원소는 거의 분해된 지 오래예요. 그리고 무질서로 돌아간 것은 질서 상태로 되돌아오지 않아요. 그러려면 에너지가 필요한데 이 우주에 당신이 쓸 수 있는 에너지는 거의 남아 있지 않아요. 당신은…….

클러스터는 성하의 몸을 구석구석 살폈다.

— 다른 생물과 공생하고 있군요. 당신의 혈관 속에 살고 있는 조그만 생물들이 질소를 고정시켜 주고 있군요. 그래서 지금까지 살아 있을 수 있었군요……. 하지만 그것도 이제는 한계예요.

그 생물들에게도 에너지가 필요해요. 그 구조물 안에서 당신에게 산소를 만들어 주는 생물들에게도 에너지가 필요해요.

— 알고 있어요.

성하는 머릿속으로 대답했다.

— 내 수명은 이제 얼마 남지 않았어요.

클러스터는 잠잠해졌다. 그는 성하의 몸 속을 휘젓고 다니는 것을 그만두고 그의 몸 밖으로 빠져나왔다. 우주선 안의 생태계 고리는 끊어진 지 오래였다. 에키온에게 먹일 탄소화합물을 찾아낼 수 없었으므로 더 이상 우주선을 움직일 수도, 전력을 공급할 수도 없었다. 전력을 공급할 수 없으면 물 역시 생산할 수 없다. 이미 우주 공간에는 수소라 불리는 원소도 거의 존재하지 않았다. 수백 번의 품종개량을 거친 우주곰팡이는 암흑 속에서도 이산화탄소를 산소로 분해시켜 주었지만,

물의 공급이 원활하지 않자 결국 시들어 갔다. 우주선 안의 공기는 점점 탁해져 가고 있었고, 이제 한계에 이르렀다. 이것은 예정된 일이었다. 그는 너무 오래 살았고, 너무 오래 여행했다. 아무리 시간을 거슬러도 우주의 죽음에만은 저항할 수 없었다.

— 우리가 도와줄 것이 있을까요?

클러스터가 속삭였다.

— 내가 살던 시대에는 '임종을 지켜 준다.'는 말이 있었지요.

클러스터는 잠시 후에 그 말의 뜻을 알아내었다.

— 어렵지 않은 일이군요.

부드러운 미풍 같은 파장이 성하의 의식 속으로 들어왔다가 파도처럼 밀려갔다. 성하는 셀 수도 없이 많은 사람들이 속삭이며 그의 주위로 모여드는 것을 느꼈다. 클러스터의 생각이 문장의 형태를 거치지 않고 전달되어 왔다. 클러스터는 태어났을 때에 이미 애도하는 법을 알고 있었다. 그들의 지성知性이 외부로 눈을 돌렸을 때, 가장 먼저 깨달은 것은 우주의 수명이 다해 가고 있다는 사실이었다. 무한에 가까운 수명을 누릴 수 있는 형태로 진화했음에도 불구하고, 결국 우주의 죽음과 함께 종말을 맞이할 수밖에 없다는 것을. 그리고 그 시간이 얼마 남지 않았다는 것을.

— 당신처럼 오래된 영혼은 본 적이 없어요.

클러스터가 속삭였다.

— 시간을 초월한 것을 제외하면 제가 산 시간은 길지 않습니다.
— 빛은 자신이 존재했다는 사실조차 느끼지 못하고 죽어 갑니다. 시간이 흐르지 않는 세계를 살고 있으니까. 그래도 그건 이 우주를 유지하는

에너지의 근원이었지요. 당신은 시간을 느끼지 못했지만 무한의 시간이 당신 안에 녹아 있어요. 정말 아쉬운 일이군요. 만약 당신이 신경계 안에 갇혀 있지만 않았다면 기꺼이 당신을 내 안으로 받아들였을 텐데.

— 곧 풀려나게 될 거예요.

성하는 다시 웃었다. 클러스터는 '풀려난다.'는 말의 의미를 읽더니 다시 흩어졌다. 혼란스러워 한다는 의미였다.

— 죽음. 그게 당신과 같은 생물의 죽음이로군 요. (하지만 뭔가) (이상한 형태) (어떤 의미) (만약 그것이)

그제야 성하는 조금 궁금해졌다.

— 당신들은 어떻게 죽음을 맞이합니까?
— 죽음. 우리들은 그 개념을 알지만 어떤 형태 로 닥치게 될지는 알지 못합니다. 우리는 아직 죽

어 본 적이 없고, 당신처럼 간접적으로 경험할 다른 대상을 만난 적도 없으니까요. 우리는 이 우주의 유일한 생명이고, 당신들 같은 시간 여행자를 제외한다면 말이지만, 이 공간이 수명을 다할 때 같이 죽게 될 겁니다. 그게 어떤 형태가 될지는 모르겠군요.

성하는 클러스터가 아쉬워한다는 느낌을 받았다. 생각하는 동안 문득 숨이 갑갑해져 왔다. 숨을 깊이 들이켜 보았지만 신선한 공기는 들어오지 않았다. 성하는 자신의 몸에 폐가 있다는 것을 느꼈고, 그 안에 고통을 느끼는 신경세포가 있다는 것을 느꼈다. 죽음이 길고 고통스럽게 올 것을 알게 되자 칼날 같은 두려움이 엄습해 왔다. 성하는 마음을 다졌다. 이 우주의 셀 수도 없이 많은 생명이 그러한 과정을 거쳐 죽음을 맞이했을 것이다. 그들은 모두 그가 지나왔던 시간의 발끝자락에도 못 미치는 시간을 살다가 사라져 갔다. 그는 우주의 자연스러운 운행을 아무 대가도 치르지 않고 역행해 왔다. 그러므로 염치가 있다면 순순히 받아들여야 한다. 하지만……

— 여행을 계속하길 원하고 있군요.

클러스터가 속삭였다.

— 당신과 당신 친구의 의식은 서로 섞여 있어요. 둘이서 일생을 통해 원했던 것을 느낄 수 있어요. 그대는 여행을 위해 생을 얻었고, 죽음에 이른 순간까지도 여전히 길을 떠나기를 원하는군요. 그 오랜 세월도 그대를 만족시켜 주지 못했나요? 우주의 끝에서 끝까지 갔고, 이제 우주의 종말까지 왔는데도, 아직도 목말라 하고 있군요.

성하는 탁한 공기 속에서 그의 의식을 파고 들어왔던 에키온의 깊은 소망을 떠올렸다.

— 그래요. 우주의 끝까지 날아왔지만, 나는 아직도 이 우주에 대해 아무것도 모르니까요.

클러스터는 조용히 경청했다.

— 알고 싶었지만, 나는 너무 작고, 우주는 너무 거대해요. 나는 거의 아무 곳에도 가지 못했는데, 벌써 우주의 수명이 끝나 버리고 말았어요.
— ……4차원의 항로라는 건 무슨 뜻인가요?

클러스터가 그의 영혼 속을 굴러다니는 단어를 잡아낸 것 같았다. 그건 성하가 오래전부터 연구하던 항로였다. 우주에서는 어디로 가든 제자리로 돌아온다. 우주가 굽어 있기 때문이다. 하지만 우주의 크기가 한정되어 있다면, 분명히 우주의 바깥 세계도 있을 것이다. 3차원의 신체를 가진 인간은 갈 수 없는 곳에.

— '위'로 가는 길이라고나 할까요.

곧 바닥을 뒹굴게 되겠지. 암흑 속에서 가슴을 쥐어뜯으며, 숨을 헐떡이며. 얼마 남지 않은 산소가 그의 고통을 연장시킬 것이다. 이성을 잃고 어서 죽여 달라고 빌게 되겠지. 클러스터는 몸이 없기 때문에 그의 소원을 들어줄 수 없을 것이다. 성하는 나쁜 생각을 떨쳐 버리기 위해 이야기를 계속했다.

— 3차원의 이동 방식으로 이 우주에 외부는 없어요. 빠져나갈 수 있는 길도 없어요. 내가 어디로 가든 우주의 곡률에 묶여 곡선을 그리게 되니까. 하지만 그 곡률을 역으로 계산하여 거대한 에너지로 다른 각도를 그려 탈출하게 되면, 로켓이 지구의 중력곡선을 탈출하여 우주로 나가듯이, 3차원의 공간을 빠져나갈 수 있다는 결론이 나왔어요. 그렇게 되면 이 우주를 다른 각도에서 볼 수 있을 거라고 생각했어요.

클러스터는 분주히 움직이며 성하의 머릿속에 있는 복잡한 방정식을 읽고 분석하고 이해하고 다시 계산했다.

— 하지만 필요한 에너지값이 블랙홀의 수준에

맞먹었어요. 이 우주선은 내가 아는 가장 빠른 우주선이지만 광속에 도달하기 위해선 1년의 가속이 필요해요. 한순간에 광속에 도달한다는 건 불가능해요. 또 그런 가속도를 낼 수 있다고 해도 내 신체와 이 우주선이 그 충격을 이겨 낼 수 없어요.

클러스터가 워낙 분주히 계산하는 바람에 그의 생각이 성하에게도 전해져 왔다. 성하가 본 적도 없는 수학기호와 수백 페이지에 달하는 계산식이 비디오를 빠른 속도로 돌리는 것처럼 눈앞에 나타났다가는 사라졌다. 클러스터는 계산에 정신이 팔려 조금 흩어진 상태로 속삭였다.

— 당신의 계산은 정확해요. 하지만 당신은 (그렇게 오래 같이 있었으면서도) 당신 친구가 이동하는 방식을 알지 못하는군요. (어떻게?) 이해는 해요. 당신은 '갇혀 있으니까.' (그 계산이 맞는다면……)

상대의 말이 여러 가지로 겹쳐서 들렸기 때문에 성하는 클러스터가 뭐라고 말하는지 잠시 알아차리지 못했다.

　— 우리가 당신을 도와줄 수 있을 것 같군요.
　— ……어떻게……?

　성하는 한참 만에 더듬거리며 질문했다. 의심
도, 놀라움도, 고마움도, 낙관적인 기대도 없는,
그저 단순한 의문이었다. ……어떻게?

　— 당신의 친구가 했던 방식으로.
　— 하지만 당신들에겐 물리적인 에너지가 없
을 텐데요. 그런 형태로는…….

　수군거리는 소리가 들려왔다. 성하가 이해할
수 있는 언어를 골라내는 것 같았다.

　— 생명 에너지가 있습니다. 당신은 다양한 종
류의 에너지 변환식을 알고 있는 것 같지만, 생명
에너지를 물리적인 에너지로 치환하는 법은 접해
보지 못했군요. 영혼에도, 물론 우리에게도　질량

이 있고, 질량은 에너지를 의미합니다.

성하는 개울물처럼 재잘재잘 흘러 들어오는 속삭임으로 그들이 말하는 '생명 에너지'의 의미를 이해했다. 불현듯 의문이 솟구쳤다.

— 그걸 쓰면 당신들은 어떻게 됩니까?

다시 수군거리는 소리가 들려왔다. 클러스터의 내부에서 반대 여론이 이는 듯한 기분이었다. 하나의 개체로 표현하면 '망설이고' 있는 듯했다. 클러스터의 목소리가 다시 흩어졌다.

— 사라지게 되겠지요. (그래서) 당신의 언어로 표현하면, (이게 가능할까) (한번 시험을) 죽음을 맞이할 겁니다.

성하는 깊게 숨을 들이쉬었다. 고통이 서서히 뇌로 파고들었지만 의식을 유지하기 위해 애썼다. 최소한 상대의 바보 같은 일은 그만두도록 설득한 뒤에 의식을 잃어야 할 것이다.

— 그만두세요.

— 어째서죠?

클러스터는, 만약 눈이 있었다면, 눈을 동그랗게 떴을 것 같은 느낌으로 되물었다.

— 그럴 필요 없어요.

— 이해할 수 없군요. 당신은 여행을 갈망하고 있어요. 우리는 지금까지 당신처럼 간절히 여행을 원하는 생물은 만난 적이 없어요. 왜 자신의 마음과 다른 말을 하는 거죠?

성하는 생활철학이 다른 이 생물에게 어떻게 설명해야 할지 난감한 기분이 들었다.

— 나는 한 명일 뿐이고 여러분은 이 우주에 남은 마지막 종족이에요. 나 하나 때문에 이 우주의 생물을 멸종시킬 수는 없어요.

― 한 명. (한 명?) (무슨 의미)

　클러스터는 다시 그 말의 의미를 이해하기 위
해 성하의 영혼을 헤집었다.

　― 어려운 개념이로군요. 당신은 자신을 하나의
조각에 불과하다고 생각하고 있군요. 전체가 아닌
일부로 생각하고 있어요. 하지만 그 신경계 안에
갇혀 있는 것을 제외하면, 당신과 우리는 같은 생
물이에요. 우리는 그 차이를 구분할 수 없어요.
　― 당신들에게는 그럴지 몰라도 내 입장에서
는 그렇지 않아요.

　웅성거리던 소리가 잠잠해졌다.

　― 제안은 고맙지만 나로서는 받아들일 수 없
어요.

　클러스터는 성하의 뇌를 씻어내듯이 성하의 의
식 속으로 빨려 들어왔다. 웅성거리던 클러스터

의 목소리가 분명한 하나의 목소리로 합쳐졌다.
반대 여론이 사라진 것 같았다. 뭔가 '합의'에 이른
듯한 기분이었다.

　— 미안해요. 잠시 시험해 보았어요.
　— ……네?
　— 우리 내부에서 반대하는 입장이 있었어요.
그리고 당신은 우리와 구분되어 있기 때문에 속일
수 있다고 생각했어요. 계산식에 의하면 우리가
갖고 있는 에너지를 전부 소모할 필요는 없어요.
상당히 긴 회복 기간이 필요할지 모르지만 죽음에
이르진 않습니다. 그리고 우리는 이 일이 충분히
시도할 만한 가치가 있는 일이라고 판단했어요.

　'구분되어 있는' 존재인 성하는 앞서의 말이 거
짓말인지, 지금 하는 말이 거짓말인지 구분할 수
가 없었다.
　— 나는 당신들에게 보답할 것이 없어요.
　— '보답'이란 무엇을 말하는…… 아. (우스운 개
념) 당신은 무엇으로도 우리에게 보답하지 못할

겁니다. 우리에게는 필요한 것이 없으니까요. 당신처럼 쾌락중추가 없다고 해 두지요. 그 무엇도 우리를 기쁘게 하거나 슬프게 하지 못합니다.

　— …….

　— 우리는 태어난 이래 그 어떤《일》도 한 적이 없어요. 오직 사유만이 우리가 할 수 있는 유일한 일이었지요. 길고 긴 세월을 암흑 속에서 살면서, 우리는 스스로에게 자신들이 존재하는 이유를 물었지요. 당신의 신경세포로는 기억조차 유지할 수 없는 아득한 세월을 생각했지만 의미를 찾을 수 없었어요. 우리는 존재하고 있고 그것이 전부였지요. 다른 존재에 영향을 끼칠 수도 없고 그 무언가를 변화시킬 수도 없어요. 세상에는 우리 외에는 아무것도 없으니까. 우리는 지금 결론을 내렸어요. 지금 당신의 소원을 들어준다면, 그리고 당신에게 영향을 끼친다면, 최소한 우리가 이 우주에 태어난 의미가 있었다고 믿고 남은 생을 살아갈 수 있을 겁니다.

　— …….

　— 당신이 걱정할 쪽은 우리가 아니라 당신이

에요. 만약 당신이 그 '별'이라는 것을 아무 장비 없이 탈출했다면 십중팔구 당신은 분명히 죽었겠지요. 당신이 이 우주에 나와 있을 수 있는 것은 우주에 대한 지식이 있기 때문에 그나마 가능한 일이지요. 4차원의 세계에서 무슨 일이 일어날지는 우리도 알지 못합니다. 4차원으로 돌입하는 순간 당신의 수명이 끝날 수도 있어요.

　— 가속도의 문제는 어떻게 하지요? 제 몸이 견딜 수 있을까요?

　성하는 대답하지 않고 질문했다.

　— 그건 걱정하지 말아요. 당신의 껍질은 내버려둘 테니까. 가속도를 견딜 수 없는 건 그 몸이지 당신이 아니에요.
　— …….

　성하는 말을 멈추고 말았다. 클러스터는 다시 그의 생각을 읽고 대답했다.

— 그것이 당신에게 죽음을 뜻한다는 건 알겠어요. 하지만 우리의 계산에 의하면 이동이 시작된 뒤에도 몸은 살아 있을 겁니다. 당신의 언어로 표현하면……, 일종의 유체이탈이라고 생각하세요. 끈 같은 것이 이어져 있다고 할까…….

— ……에너지는 어떻게 되죠? 그만한 에너지를 낼 수 있나요?

— 당신이 계산한 값은 우주선과 껍질의 질량을 포함한 것이었어요. 하지만 껍질을 제외한 당신은 가벼워요.

— 알겠습니다.

성하는 조용히 고개를 끄덕였다.

— 당신의 친구들은 벌써 결정했군요. 당신의 이동이 성공하면 그들에게도 차례가 갈 거예요. 결심이 섰나요?

— 오래전에요.

성하는 미소를 지으며 대답했다.

4차원의 이동은 위, 아래, 좌우, 앞뒤가 아닌 다른 방향으로의 이동을 의미한다. 성하는 그것이 어떤 형태가 될지 상상도 할 수 없었다. 또 3차원의 형태를 유지하고 있는 자신이 어떤 방식으로 그 세계를 받아들일지도 가늠할 수 없었다. 그래도 성하의 가슴에는 두려움 대신 호기심이, 망설임 대신 잔잔한 흥분의 파도가 뛰어놀고 있었다.

어느 방향일까. 어디로 가게 될까. 방향을 느낄 수는 있을까. 그런 생각을 하는 동안, 성하는 자신이 내부에서부터 뒤집어지고 있다는 것을 깨달았다.

짧은 공포가 일었지만 이내 사그라들었다. 어차피 죽게 될 신체였다. 희박한 산소 속에서 괴로워하며 죽는 것보다는 무엇이든 나을 것이다. 성하는 조용히 일어나는 일을 지켜보았다.

매실을 까뒤집는 것처럼 안에서부터 뒤집어지면서 그의 영혼이 밖으로 확장되었다. 성하는 자신이 죽었기 때문에 이런 일이 일어나는지, 아니면 단순히 이동하는 중인지 파악할 수 없었다. 하지만 어렴풋이, 이것이 네 번째의 공간 좌표라는 것을 느낄 수 있었다. 내부에서 외부로 가는 것. 혹은 외부에서 내부로 오는 것. 그의 영혼이 뇌의 영역을 벗어나 스멀스멀 밖으로 퍼져 나갔다. 성하는 문득 자신이 클러스터의 영혼에 접근하고 있음을 깨달았다. 클러스터의 안에 살아 있는 수많은 영혼이 폭포처럼 성하의 의식을 파고들었다.

'죽었나? (아니야.) 아직 살아 있어 (심장이 뛰고 있어.) (진짜 '그'만 이동했어.) 그는 어디로 갔을까? (알 수 없지.)'

성하는 본능적으로 물러나려고 했지만 이미 이동은 멈춰지지 않았다. 클러스터의 모든 기억이 파도처럼 밀려들어 왔다. 클러스터가 태어난 순간, 그의 생각, 그의 삶, 그 내부에 들어 있는 수많은 조각영혼들의 이야기. 그들이 알고 있는 모든 지식이 성하의 기억 속으로 들어왔다. 마침내 성하는 자신이 성하인지, 클러스터인지, 아니면 둘을 합친 다른 존재인지 알 수가 없게 되어 버렸다.

이동은 계속되었다. 그와 오랫동안 여행을 같이 한 에키온은 이미 그의 영혼 속에 녹아들었다.

성하는, 아니, '클러스터—에키온—성하'는 은하계 전체로, 성단 전체로 확장되기 시작했다. 성하는 죽어 있는 우주에 남아 있는 몇 조각의 영혼을 발견했고, 다시 그들과 하나가 되었고, 그들의 모든 기억과 하나가 되었다.

성하는 우주 전체로 퍼져 나갔고 우주에 존재하는 모든 영혼에 접근했다. 이 우주에 존재하는 모든 것, 그리고 우주 자신의 기억마저도 성하에게 흘러 들어왔다. 성하의 영혼은 시간과 공간을 초월하여 머나먼 은하에 존재했던 작은 푸른 별에 접근했고, 그 별에 살았던 모든 인간의 영혼에 접근했고, 그들과 하나가 되었다. 성하는 이제 우주가 되었고, 하나의 차원이 되었고, 하나의 전체가 되었고, '영혼' 또는 '생명'이라고 불릴 하나의 존재가 되었다. 그리고 모든 것을 이해했다.

몇 시간 뒤에 까마득한 차원 너머에 있는, 오래전 성하라는 인격 조각의 '육체'였던 것에 죽음이 찾아왔지만, 너무나 미미한 일이라 느낄 수조차 없었다. 그는 모든 인간이 죽음을 통해 이와 비슷한 일을 겪게 된다는 것을 이미 알고 있었다.

죽어 가는 우주의 바깥에 수많은 새로운 우주가 태어나고 있었다. '영혼'은 이제 그중 한 우주를 택해 이동했고, 다시 그 우주와 하나가 되었다. '영혼'의 내부에서 가스 성운이 회전하며 새로운 우주가 태어났다. 천억 개의 우주 안에 천억 개의 은하계가 태어났고, 은하계마다 140억 개의 태양이 태어났으며, 각각 1억 개의 지구가 만들어졌다.

무한의 시간 속에서 자신의 내부에서 일어나는 일을 지켜보던 '영혼'은 어느 순간, 이동을 거꾸로 시도했다. '영혼'은 그 이동이 무엇을 의미하는지 알고 있었고, 아무 두려움도 느끼지 않았다. 그는 오랜 옛날부터 이런 방식으로 자신을 성장시켜 왔던 것이다. 우주 전체를 감싸고 있던 영혼의 조각들이 점점이 흩어져 1억 개의 지구에 쏟아져 내렸다. 그중 하나의 조각은 아직 태어난 지 얼마 안 되는 푸른 별의 바다에 떨어졌다. 영혼조각은 번개가 치는 걸쭉한 유기바다 속으로 빨려 들어갔고, 조용히 활동하기 시작했다. 이 작은 별

가득히 자라나게 될 수많은 생물과, 앞으로 펼쳐
질 그들의 찬란한 삶을 꿈꾸며.

이야기 밖의 이야기

해설 우주의 파우스트 혹은 파우스트의 우주

서희원(문학평론가)

이것이 아닌 다른 것을 갖고 싶다.

여기가 아닌 다른 곳으로 가고 싶다.

괴로움

외로움

그리움

내 청춘의 영원한 트라이앵글

— 최승자, 「내 청춘의 영원한」

김보영의 스텔라 오디세이 트릴로지의 마지막인 『미래로 가는 사람들』은 창작의 시간적 순서로는 가장 앞에 위치하는 작품이다. 이 소설은 김보영의 첫 번째 작품집인 『멀리 가는 이야기』

(2010)에 수록되어 있는 2004년도 작품이다.* 우리가 잘 아는 것처럼 여기에 프리퀄 형태의 『당신을 기다리고 있어』와 『당신에게 가고 있어』가 "주인공의 부모님 세대의 이야기"(1권 111)로 추가되어 3부작이 된 셈이다. 출간된 시기가 앞선다고해서 이 작품이 이야기의 시작은 아닌 것처럼, 먼저 창작되었다고 주제나 서사를 펼쳐 나가는 스케일에 있어서 다른 두 작품보다 부족할 것이라고 속단하는 것은 옳지 않다. 오히려 그 반대라고 말하는 것이 정확할 것이다. 『미래로 가는 사람들』은 스텔라 오디세이 트릴로지 중에서는 물론이고, 김보영 전체 작품을 비교의 대상으로 놓고 보더라도 주제나 철학, 세계관 면에서 가장 폭넓고 심오한 텍스트 중 하나이다. 그리고 이러한 '깊이'는 프리퀄로 만들어진 두 작품에 담겨 있는 다양한 에피소드와 인물들의 인간적 매력이 주는 여운 속에서 보다 흥미롭고 의미 있게 증폭된다.

---

* 정확한 서지사항은 이렇다. "「미래로 가는 사람들」: 4부작, 제1회 과학기술창작문예 본선진출작(2004)" 김보영, 『멀리 가는 이야기』, 행복한책읽기, 2010, 503쪽.

『미래로 가는 사람들』의 주인공 성하星河는 작가에게 이름을 부여받지 않아 '남자'와 '여자'로 호칭할 수밖에 없는 『당신을 기다리고 있어』와 『당신에게 가고 있어』의 두 주인공처럼 낭만적 열정으로 가득 차 있지만 그것은 이성에 대한 사랑으로 표출되지 않는다. 여러 연구서에서 설명된 것처럼, 이성 간의 사랑이 지상에서 인간이 누려야 할 최고의 가치로 승격된 것은 11세기 프로방스 지역에서 발생한 '궁정연애amour courtois'에 기원을 두고 있다. "궁정연애는 본질적으로 천상의 존재에 대한 종교적 흠모의 태도가 세속의 존재로 대상을 옮겨 온 결과이다. 성모마리아에서 음유시인이 숭상하는 고귀한 여인으로 그 대상이 바뀐 것이다."* 『미래로 가는 사람들』의 성하는 자신의 부모 세대가 삶의 중심에 놓았던 사랑을 추구하는 대신, 우주의 모든 비밀을 탐구하고자 하는 열망으로 가득하다. "우주의 끝"으로 가고자 하는 성하의 귀결점이 이 모든 것을 말해 주는데, 그는

* 이언 와트, 『소설의 발생』, 강유나　고경하 옮김, 강출판사, 2009, 202쪽.

이를 위해서라면 자기 자신을 포함한 어떠한 것도 희생할 각오가 되어 있는 사람이다. 그런 점에서 그의 정신적 직계는 『파우스트』에 등장하는 파우스트 박사이며, 괴테나 메리 셸리, 쥘 베른과 같은 작가들에 의해 다양한 방식으로 창작된 낭만주의적 과학자들이 등장하는 작품의 주된 서사, 즉 무한한 미지의 자연이 외곬으로 앎을 추구하는 인간에 의해 그 비밀을 세상에 드러내고 만다는 이야기에 매혹당한 독자들의 기대를 충족시키고 있다.

성하의 정신적 직계가 근대의 문화적 영웅 파우스트일 것이라는 지적이 무리가 아니라고 생각되는 것은 스텔라 오디세이 트릴로지 전체에 걸쳐 있는 『파우스트』의 흔적 때문이다. 『당신에게 가고 있어』의 여자는 "알파 센타우리"로 가는 여정이 지루하지 않도록 "이북 리더기"에 "고전소설을 백 권쯤"(2권 9) 담아 온다. 그중 여자가 읽는(정확하게 말하자면 여자는 듣는다.) 유일한 책은 괴테의 『파우스트』이다. 광속에 가까운 속도로 우주를 항해하고 있기 때문에 무한한 시간의 바다를 거슬러 올라가는 것처럼 느껴지는 성간 여행은 여자에게 마치 파우스트가 메피스토펠레스의 힘을 빌려 경험하는 시공간의 종횡무진과 비슷한 것으로 여겨졌을 것이다. 주인공의 놀라운 이동과 경험을 가능하게 하는 힘이 과학과 마법이라는 근본적인 차이는 있지만, 그 경이로움에 있어 이 둘은 그리 다르지 않다. 여자는 파우스트에게 매혹되어 이렇게 말한다.

파우스트는 정말 이상한 사람이야.

그게 무엇이든, 생에 단 한 번이라도 "멈추어라, 너는 정말로 아름답구나."라고 말할 수만 있다면, 생애 한 번이라도, 단 한순간이라도 그런 환희를 느낄 수 있다면 그 자리에서 멸망해도 좋다니, 악마에게 사슬로 칭칭 묶여 끌려가 영원히 나락으로 떨어져도 좋다니, 어쩌다 그런 생각을 다 했을까? 그 사람은 온전히 절망한 사람이었을까, 아니면 죽음보다 절실하게 생을 추구한 사람이었을까? (2권 19)

'파우스트'는 현대 문화를 살고 있는 모든 사람

들이 다 아는 이름이지만, 『파우스트』를 끝까지 읽은 사람은 거의 찾아보기 힘든 이상한 텍스트이다. 대부분의 사람들은 『파우스트』를 늙은 학자 파우스트가 악마에게 영혼을 팔고 젊음을 얻는 이야기로만 알고 있지만, 이 에피소드는 1부의 일부분에 불과하다. 『파우스트』는 사실 그보다 훨씬 심오한 역사적 전망과 윤리적 상상력, 심리학적 통찰력을 보여 주는 다양한 에피소드와 방대한 분량의 2부를 가지고 있다. 파우스트에게서 근대 문화의 영웅상을 찾은 마샬 버먼은 『파우스트』의 이야기를 파우스트가 보여 주는 세 가지 변신을 통해서 모두 읽을 때에만 제대로 알 수 있다고 말한다. "그는 처음에는 몽상가로 나타나며, 그런 다음에는 메피스토의 중재에 의해서 그 자신을 연인으로 변신시키고, 마지막으로 오랫동안의 사랑의 비극이 끝난 후에 개발자로 자기 인생의 절정기에 도달하게 된다."* 파우스트의 세 가지 변신을 염두에 두자면 성하의 어머니가 매혹당

---

* 마샬 버먼, 『현대성의 경험』, 윤호병 이만식 옮김, 현대미학사, 1998, 45쪽.

한 파우스트의 모습은 그가 가진 몽상가의 면모이다. 이는 광속으로 지구 주변을 돌고 있는 여자의 내면에서 자연스럽게 형성되는 원심력과 구심력의 길항이라고 보는 편이 정확할 것이다. 빛의 속도가 만들어 주는 무중력의 상태에서 펼쳐지는 몽상은 우주의 끝을 향한 자아의 무한한 여행으로 증폭되지만, 현실을 벗어날수록 느껴지는 두려움과 무한한 시간 속에서 홀로되는 것 같은 외로움은 중력이 작동하는 대지로 내려와 사람들과 함께 살아가는 것을 간절하게 욕망하도록 작용하기 때문이다. 여자는 남자와의 약속을 되새기며 지구로 돌아갈 것을 결심한 후 우주를 향한 자신의 열망을 아이를 위한 미래의 것으로 약속한다.

자기야.

배에서 태어나는 아이들은 땅이 아니라 이 별의 바다를 고향으로 여겨. 그 애들은 배가 정박하면 당황해서 어른들에게 왜 시간이 말라붙어 있느냐고 물어.

그 아이들은 자고 일어나면 모든 것이 다 사라지고 변해 있어야 한다고 생각해. 아침에 눈을 떴는데 어제 있었던 물건들이 그대로 있고, 어제 보았던 하늘이 그 자리에 있으면 어리둥절해해.

자기야.

나는 아이를 낳으면 이 빛의 길 위에서 낳고 싶어. 힘센 사람도 간악한 사람도 공기방울처럼 부드러워지는 이곳에서. 세월이 빛처럼 흘러가 사라지는 이 길에서.

그러면 그 애는 영원히 고향을 잃지 않을 테니까.(2권 87)

그런 의미에서 『미래로 가는 사람들』의 성하가 어머니에게 물려받은 것은 우주를 향한 열망과 그 열정의 원천인 『파우스트』라고 할 수 있다. 책에는 자세히 서술되어 있지 않지만, 이북 리더기에 담긴 『파우스트』가 아니라 온전한 형태의 책은 지구에 도착한 어머니가 문명의 잿더미 속에서 찾아내었고, 이를 성하에게 물려준 것으로 상상하면 어떨까. 『미래로 가는 사람들』의 첫 번째 이야기인 「起-우주의 끝을 찾아내는 법」은 『파우스트』에서 인용한 문장—"그리고 재빨리, 상상도 못 할 속도로, / 화려한 지구는 자전한다.

/ 영원히 쉬지 않고 도는 천체의 운행 속으로"(7)
—으로 시작한다. 셀레나는 자신이 그 누구보
다 우월한 지식과 삶에 대한 혜안을 가지고 있다
는 자부심을 가진 사람이다. 그녀의 긍지는 우주
에서 자신만이 소장하고 있다고 여기는 『파우스
트』의 구절을 상황에 맞게 암송하는 것으로 표출
된다. 하지만 그녀의 생각과는 달리 이 책은 성하
가 우주의 끝으로 가는 프로그램이 완성될 "100
년"(28) 후를 약속하며 선물의 의미로 우주 최고
의 항법사인 셀레나의 할머니 릴리에게 준 것이
다. 셀레나가 살고 있는 인공위성은 "두 개의 창
문과 한 개의 문만 남기고 천장에서부터 바닥까
지 낡은 책으로 가득 메워져 있"는 "작은 성채"(9)
같은 곳이다. 이곳은 우주의 항법을 연구하는 셀
레나의 고조할머니가 구입하여 살던 곳으로, "그
녀는 이 집에서 평생을 살았고 자신을 복제하여
증조할머니를 낳았"고 "같은 방식으로" "셀레네
대까지 이어져 오고 있었던 것이다."(15) 스스로
를 세상과 격리하고, 자신을 복제하면서까지 우
주의 비밀을 탐구하고 있다는 점에서 하나인 동

시에 여럿인 셀레네의 가계家系도 파우스트와 정신적으로 이어져 있다고 말할 수 있다. 처음에 셀레네는 할머니 릴리에게 성하가 『파우스트』를 프로그램의 선수금으로 주었다는 말을 믿지 못하지만 그가 "시간 여행자"(27)란 사실을 알자 이를 수긍한다. 셀레네의 설명에 따르자면 "시간 여행자"는 "광속 우주선이 만들어진" 후에 "미래로 도망"친 사람들이며, "무엇에 홀린 듯 끊임없이 미래를 향해 떠"(28)나가는 사람들이다. 하지만 성하와 대화를 나누던 셀레네는 그가 자신이 생각하는 동시대의 시간 여행자와는 다른 먼 과거에서 온 사람이라는 것을 알게 된다. 그는 셀레네가 쓰지 않는 "크리스트의 탄생을 기준으로 하는 연도"(28)를 쓰고 있으며, 그녀가 알고 있는 우주에 대한 지식과는 비슷한 동시에 확연히 구분되는 이해를 가지고 있었던 것이다. 성하와의 대화가 깊어질수록 셀레네는 그가 "낭만적인 역사학자"들이 말하는 "'유사 이전'의 역사에" 살았던 "시간 여행자"(29)라는 놀라운 사실을 알게 된다. 그리고 성하는 셀레네에게 자신이 이 모든 문명의

기원 중 하나이며, 역사에 남겨진 모든 흔적의 주
인 중 하나라는 것을 담담하게 말한다.

아이가 부모를 닮는 것처럼. 마치 사람의 무의식 속
에 그 기억이 남아 있어, 옛날에 만들었던 것을 다시 만
들어 내는 것 같아. 비슷한 것들이 생겨났고, 비슷한 일
이 진행되었어. 편집이 조금씩 다른 같은 영화를 계속
돌려 보는 것처럼. 그래서 나는 이번에도 인류가 살아남
으리라 믿어. 또다시 새로운 문명을 만들어 낼 거야. 그
러니까 당신도 너무 비관적으로 생각하지 마. (30)

어느 때에는 완전히 얼어붙은 얼음 행성으로 돌아올
때도 있어. 지구를 다 돌아도 겨우 몇 부족의 사람들을
발견할 때도 있어……. 그럴 때엔 지구에 내려 그들을 보
호해 주기도 해. 안 그러면 인류가 영영 사라져 버릴지도
모르니까. 불이나 문자를 가르쳐 준 적도 있고, 농사짓는
법을 가르쳐 준 때도 있어. 오래 머물 수는 없었으니까
바로 길을 떠났어. 밭에 씨를 뿌려 놓고 싹이 트기를 기
도하며 도망쳐 버리는 농부처럼. (32)

셀레네는 성하의 얼굴에서 "어린아이 같은 열정과 노인 같은 피로가 동시에 나타나"(24)는 이유를 이제야 알게 된 것이다. 성하의 내면에는 무수한 시간 동안 반복한, 자신이 낳은 아이의 성장과 순차적인 노화, 그리고 죽음을 모두 지켜보는 부모의 심정과 같은, "깊은 슬픔"(32)이 담겨 있다. 성하는 셀레네에게 "옛날에는 내 덕분에 인류가 존속하고 있다고 생각했"으나, 이제는 "인류가 같은 죽음을 반복하는"(33) 것이 자신 때문일지도 모른다는, 그래서 문명에 관여하지 않고, 우주의 끝으로 떠나려 한다는 결심을 말한다. 성하는 셀레나와 통역기를 통해 우주의 끝으로 가는 방법에 대한 깊은 대화를 나누고는 그녀의 프로그램을 가지고 "하나의 점이 되었고, 시간 너머로 사라져갔다."(53) 그리고 셀레네는 떠나가는 성하의 뒷모습을 보며, 파우스트가 죽기 전에 한 마지막 대사를 성하의 흔적에 덧붙인다. "내가 지상에 산 흔적은 영원히 멸망하지 않을 것이다."(52)*

---

* 죽기 전 파우스트가 하는 대사는 조금 더 인용할 필요가 있다. 여기에 성하의 천성처럼 느껴지는 고독과 슬픔,

『미래로 가는 사람들』의 두 번째 이야기는 "혹은 첫 번째 이야기"라는 부연과 "承―하늘에서 내려온 이들이 해야 할 일"(54)이라는 부제를 가지고 있다. 이것을 "두 번째 이야기"인 동시에 "첫 번째 이야기"로 읽어도 무방한 이유는 성하가 셀레네에게 말했던 것처럼 그가 억겁의 시간을 여행하며 지구의 문명에 끊임없이 개입하며 자신의 흔적을 남겼기 때문이고, 소설 중간에 말하고 있는 것처럼 자기 "배에 입력된 항로는 모두 다녀왔"고, 자신이 "모르는 항로를 계산할 수 있는" "새 항법사를 찾"(68)고 있다고 밝히고 있기 때문이다. 읽기에 따라서 셀레나는 성하가 찾고 있는 "새 항법사"일 수도 있고, 아니면 예전에 "입력한 항로"를 제공한

성하 어머니가 매혹되었던 자아의 환희, 삶에 대한 열정이 모두 담겨 있기 때문이다. 이 구절을『당신에게 가고 있어』에서 인용한 앞의 문장과 비교해 읽어 주면 좋겠다. "그러면 순간에다 대고 나 이렇게 말해도 좋으리라. / 멈추어라, 너 정말 아름답구나! / 내가 이 세상에 이루어 놓은 흔적은 / 영원토록 사라지지 않을 것이다―/ 이러한 드높은 행복을 예감하면서 / 지금 나는 최고의 순간을 맞보고 있노라." 요한 볼프강 폰 괴테,『파우스트 2』, 이인웅 옮김, 문학동네, 2009, 432쪽. 김보영 작가가 참조한 판본과 달라 번역이 조금 다르다.

항법사일 수도 있기 때문이다. 하지만 성하가 경험한 무수한 시간을 고려할 때 거기서 인과를 찾는 것은 덧없는 일이기에 그 시간에 질서를 부여하며 읽지 않아도 독서에 큰 지장은 없을 것이다.

성하는 우주선의 연료인 "에키온의 먹이"(67)를 구하기 위해 지구에 내려온다. 성하의 설명에 의하자면, "에키온(빨리 달리는 자)이란 광속 우주선의 연료를 말한다. (…중략…) 에키온은 부정형의 반딧불 같은 생물로, 모든 생명에너지를 오직 속도를 내는 데에만 쓰는 생물이다. 평상시에는 결정화되어 동면하고 있다가 단백질과 지방화합물을 조금 제공하면 눈을 뜬다. 우주선은 에키온에게 제공하는 화학물질의 종류로 속도를 조절한다."(67~68) 김보영이 그리스 신화에서 이름을 빌려 온 에키온이라는 생물은 상상의 것이지만, 이를 통해 우주의 끝을 열망하는 성하가 어쩔 수 없이 지구로 귀환해야 하는 이유가 만들어진다. 성하는 자신이 착륙한 지구의 문명이 원시적인 농경 사회인 것을 알게 되고, 그를 하늘에서 내려온 신으로 여기는 토착민의 안내를 받으며 이곳에서 숭배를 받고 있는 "성스러운 존재"를 만나러 간다. 성하는 "고대 잉카와 마야", "스핑크스"와 "인디언의 토템폴", "십이지의 동물들"(59)을 합쳐 놓은 듯한 신전의 디자인과 "멀고 먼 옛날 이 지구상에 존재했던, 지금은 흔적도 없이 사라진 문명의 언어"(61)를 사용하는 모습에서 토착민이 떠받드는 성스러운 존재가 자신과 같은 시간 여행자임을 알게 된다. 하지만 성하가 보기에 그는 어설픈 마법으로 사람들을 현혹하며 신으로 군림하려는 사람이다. 마치 괴테가 『파우스트』를 쓰기 위해 참조했던 역사적 기록 속의 주술사 파우스트처럼 말이다. 『파우스트』의 계보를 연구한 이언 와트는 주술사 파우스트에 대해 이렇게 썼다. "16세기 초 40년 동안 독일에는 널리 알려진 떠돌이 마술사가 있었는데, 그는 게오르크(혹은 독일명 요르크, 라틴어로는 게오르기우스) 파우스트 또는 파우스투스라는 이름으로 통했으며, 때로는 그냥 파우스트 박사로 불리기도 했다."* 이 떠돌이 사기

---

* 이언 와트, 『근대 개인주의 신화』, 이시연 강유나 옮김, 문학동네, 2004, 22쪽.

꾼은 자신을 죽은 자들의 혼과 소통하여 미래를 예언하는 흑마술사라고 소개했고, 공공연하게 사람들 앞에서 예수가 했던 그런 기적을 보일 수 있다고 주장하며 다녔다고 한다. 오랜 시간을 살아온 성하의 눈에 이 사기꾼이 펼치는 권능은 경외할 필요가 없는 우스운 쇼에 불과한 것이다.

그는 꼭 서커스단의 광대처럼 보였다. 등에는 싸구려 나이트클럽 간판 같은 요란한 기계장치가 붙어 있었다. 직접 손으로 만든 것 같았는데, 그렇게 따지면 제법 창조적이라고 볼 만도 했다. 자동차 배기관 같은 파이프가(아마 연기를 뿜어내는 데 쓰는 듯한) 여러 방향으로 나 있었고, 색색의 전구가 그의 동그란 머리 뒤로 원을 그리고 있었다.(64)

성하는 그를 광대라 여기며, 이 세계에서 함께 "초월자"이자, "다른 존재이며, 천상의 인간"(67)으로 군림하자는 그의 제안을 분명하게 거절한다. 성하는 이 모든 일이 덧없다는 사실을 너무나도 잘 알고 있는 것이다. 그리고 성하는 광대에게

"자신이 떠나온 세계", "공간이 정지하지 않는 곳. 시간이 정지한 곳. 자신이 살아왔던 시간과 공간 모두를 포기하지 않으면 들어갈 수 없는 세계. 빛으로 가득한 세계"(69)로 돌아가는 것을 얼마나 간절히 바라고 있는지 말한다.

분노한 광대는 성하를 죽이려 하지만 성하가 예전에 남겨 놓은 문명의 흔적을 신성한 기원으로 여기며 살아가던 다른 부족의 도움으로 자신의 우주선으로 귀환하는 데 성공한다. "성하는 한 달 뒤, 지구에서는 2천년이 지난 뒤 다시 지구로 돌아"(109)오지만 그가 발견하는 것은 예전에 남겨 놓은 자신의 흔적을 그린 암각화뿐이다. 두 번째 이야기는 이런 쓸쓸한 문장으로 끝이 난다. "그리고 다시 2천년이 지나 돌아왔을 때에는 다시 눈보라가 치고 있었고, 바위산은 얼음에 덮여 찾아볼 수 없었다."(110)

『미래로 가는 사람들』의 두 번째 이야기는 자신의 지식으로 사람들을 현혹하며 욕망을 채우고자 하는 구舊파우스트와 끊임없이 앎 그 자체만을 추구하는 신新파우스트의 만남과 대립을 다루고 있다고 읽어도 괜찮을 것이다. 또는 성하 자신도 과거에는 신으로 존재했었기에 과거의 자신이 남긴 흔적 위에서 갈등하는 현재의 '나'의 이야기로 읽어도 독서의 흥미는 줄어들지 않을 것이다.

　좀더 주의 깊게 읽어야 하는 것은 현재의 성하가 지닌 삶과 시공간에 대한 인식이다. 성하가 보여 주는 시간과 세상 만물에 대한 인식은 세상의 모든 현상이 홀연히 생겨났다가 덧없이 사라지는 것이라는 불교의 '무상無常' 개념과 흡사하다고 할 수 있다. SF 소설을 얘기하며 불교를 언급하면 미래를 상상하는 자리에서 과거 얘기를 하는 것처럼 여길 독자들도 있을 것이다. 하지만 현대의 SF가 가장 깊은 영감을 받은 철학은 뜻밖에도 불교이며, 특히 선불교가 다양한 작가들에게 우주를 상상하는 세계관의 지침이 되었다.* 불교야말로 우주를 상상한 가장 위대한 인간들의 상념이 아니던가. 불교에서 말하는 열반涅槃nirvana, 즉 수행에 의해 진리를 체득하여 미혹迷惑과 집착執着을 끊고 일체의 속박에서 해탈解脫한 최고의 경지야말로 성하가 추구하는 '우주의 끝'이다. 흥미로운

것은 광대의 물욕物慾과 대비되는 성하의 무욕無
慾인데, 이는 성하가 "광합성으로 양분을 생산"하
는 "나노 시술"을 받아 "약간의 빛과 물"(66)로만
살아갈 수 있다는 사실에서 기인하고 있는 것 같
다. 에키온과 나노 시술 그리고 다양한 과학 기술
을 통해 일상의 노동과 의식주의 번뇌에서 어느
정도 벗어날 수 있었던 성하이기에 인간 위에 군
림하는 신을 욕망하는 것이 아니라 이 모든 관계
를 초월한 우주의 진리를 좇는 삶을 선택할 수 있
었던 것이다.

---

* 현대의 많은 SF 걸작 중에는 선불교의 영향을 받지 않은
  것이 없다 할 정도로 불교의 인식론은 우주와 인간을,
  관계를, 그리고 그 너머를 상상하는 많은 작가들에게 영
  감을 주었다. 대표적인 작품으로는 프랭크 허버트『듄』,
  조지 루카스의 〈스타워즈〉 시리즈, 오이시 마모루의 〈공
  각기동대〉, 워쇼스키 자매의 〈매트릭스〉 시리즈, 로저 젤
  라즈니의『신들의 사회』, 테드 창의『당신 인생의 이야
  기』, 박성환의『불교 SF 단편선』 등이 있다. 오히려 현대
  SF 중 영향을 받지 않은 작품을 찾는 것이 어려울 정도
  이다. 불교의 가르침과 우화를 통해 SF 텍스트를 분석하
  고, 그 연관성을 살핀 예로는 마이클 브래니건, 「숟가락
  은 없다: 불교의 거울에 비춰 본 〈매트릭스〉」(슬라보예
  지젝 외, 『매트릭스로 철학하기』, 이운경 옮김, 한문화,
  2003)가 어느 정도는 유용하다.

『미래로 가는 사람들』의 세 번째 이야기는 "轉
― 광속도에서 일어나는 일"(112)이라는 부제를
달고 있다. 성하는 '우주의 끝'으로 가는 여행을
지속하던 중 마치 우주선의 "무덤"(115)이라고 불
러도 될 만큼 많은 비행선들의 잔해들이 "토성의
띠"(115)처럼 행성의 주변을 에워싸고 있는 별에
도달한다. 이 별은 한때 "위대한 문명을 발전시킨
생물"이 살았던 것처럼 보이지만 지금은 모든 생
명활동이 정지한 "시체"(114)처럼 보인다. 성하는
이 우주선의 무덤들 속에서 미약하지만 빛을 발
산하고 있는, "축이 두꺼운 팽이 같은 모양"(115)
을 한 거대한 우주선을 발견하고 이곳에 착륙을
시도한다. 여기서 성하는 "인류가 살 만한 다른
행성을 찾아내는"(129) 임무를 수행하기 위해 오
래전 지구를 떠났던 두 명의 남자, 필레몬과 닉스
를 만난다. 그들은 성하보다 훨씬 더 먼 과거의
문명을 고향으로 가지고 있는 사람들이다. 그들
은 한정된 공간과 오랜 비행에서 벌어질 수 있는
"승무원 간의 반목, 반란, 지휘체계의 붕괴, 무질
서, 폭력 사태, 폐소공포증, 우울증, 환각 상태, 질병"(130) 등으로 인해 통제할 수 없는 가속이 진행되었고, 그 결과 돌아갈 고향을 시간의 흐름 속에 상실하게 되었다는 사실을 성하에게 담담하게 얘기한다. 그 과정에서 대부분의 동료들도, 새로운 문명을 시작할 생명을 낳을 수 있는 마지막 여자 승무원도, 죽게 되자 남은 사람들은 삶을 지속할 모든 희망을 상실하게 된다. 허무하고 절망적인 상황에 처한 그들은 항해 프로그램에 있던 "우주의 끝"으로 가는 여정을 시작한다. 멀고 험한 여행의 과정에서 나머지 동료들은 죽고, 이 두 사람만이 남아 무덤과 같은 이곳으로 오게 된 것이다. 이곳에는 "작은 태양"이 있기에 지구에서 보는 것 같은 일출을 볼 수 있었고, 우주를 떠돌던 모든 세대의 시간 여행자들은 이곳에서 뜨는 해를 바라보며 각자의 죽음을 맞이했던 것이다. 성하는 고향의 안부를 묻는 그들에게 지구가 죽었다는 사실을 감정의 동요도 없이 전달한다.

지구는 죽었다.

소행성대에 부딪쳤든, 태양 속에 빨려 들어가 녹아 버

렸든, 태양의 인력에서 빠져나와 우주를 방랑하고 있든, 설사 그 모든 일이 일어나지 않았다고 해도, 방대한 시간을 견뎌 내지 못하고 사망했을 것이다.(127)

　"지구에서 50억 광년 떨어진 곳에서, 자신들이 살던 시대로부터 50억 년이 흐른 시대에 와서"(127) 극적으로 조우한 세 사람은 '우주의 끝'이라는 공동의 목적지를 향해 여행하는 것에 동의한다. 성하가 우주선의 무덤에서 새로 얻게 된 동료들의 이름 중 필레몬이라는 명칭이 특별한 것은 그것이 고대 그리스 신화에서 유래한 것이며, 괴테의 『파우스트』에도 등장하는 인물을 떠올리게 하기 때문이다. '필레몬과 바우키스'가 그것인데, 이 노부부는 지상의 대홍수를 일으키기 전에 생존할 만한 가치를 가진 인간이 있는지 알아보기 위해 나그네로 변신하고 지상으로 내려온 제우스와 헤르메스를 정성껏 맞이한 유일한 사람들이다. 제우스와 헤르메스는 그들을 산 정상으로 데려가 물에 잠기는 세상에서 구원한다. 그리고 그들에게 바라는 바를 묻는다. 가난하지만 사

랑이 깊은 필레몬은 제우스에게 단 하나 바라는
것은 한평생을 살아온 자신의 아내와 한날한시
에 죽는 것이라고 대답한다.* 이 이야기는 괴테
에 의해 비극적인 에피소드로 변형된다. 말년의
파우스트는 모든 여정을 마치고 자신이 다스리는
땅을 개간하고 발전시키는 것에 온 힘을 쏟는다.
바다를 개간하여 땅을 넓히고, 운하를 파서 이 장
소를 도시와 연결시키는 대공사를 진행한다. 그
리고 파우스트는 자신이 이루어 놓은 역사를 한
눈에 조망할 전망대를 세울 계획을 한다. 파우스
트가 선택한 적당한 언덕에는 필레몬과 바우키스
라는 노부부가 살고 있었다. 소박한 그들은 그곳
에서 계속 살아가고 싶다는 소망을 얘기하며 파
우스트가 제안한 개간지로의 이주를 거부한다.
파우스트는 메피스토펠레스에게 고집 센 노부부
를 강제로라도 이주시킬 것을 명령한다. 메피스
토펠레스는 어떤 제안과 협박도 통하지 않는 그

---

* 오비디우스, 『변신이야기 1』, 이윤기 옮김, 민음사,
1998, 366~371쪽. 오비디우스는 신들의 이름을 로마식
으로 표기하였으나 그리스식의 호칭이 독자들에게 익숙
하여 그렇게 고쳤다.

들과 싸우다 집 안에 불을 내게 되고 이들은 자신들의 오두막과 함께 끔찍한 죽음을 맞는다. 한날 한시에 죽고자 한다는 노부부의 오래전 소원을 괴테는 비극적으로 완성시킨 것이다.

필레몬과 바우키스라는 부부의 이름을 생각한다면, 필레몬이 사랑했던 여자, 닉스의 광증으로 인해 목숨을 잃은 여자의 이름은 아마도 바우키스일 것이다. 성하의 우주선을 움직이던 에키온은 필레몬과 닉스의 거대한 우주선으로 옮겨지고, 이들은 이 엄청난 에너지를 사용해 멈춰 버린 우주선을 움직이게 하는 데 성공한다. 하지만 '우주의 끝'으로 가거나 지구로 귀환할 거라는 성하의 예상과는 달리 그들은 배를 광속의 속도로 가속하려는 열망만을 보인다. 성하는 필레몬에게 광속은 시간의 완전한 정지를 만들기 때문에 모든 것을 소멸하게 한다며 그들을 저지하지만 필레몬과 닉스는 각자의 이유로 성하를 감금하고 가속을 진행한다. 닉스는 인류 최초로 광속에 도달한다는 광적인 집착으로 가속을 진행하고, 필레몬은 광속에 이르면 우주선 주위로 모여드는 빛의 입자들이 만들어 내는, "마치 천상의 구름 위에 떠 있는 것 같은"(148) 풍경을 보기 위해 소멸로 향하는 여행에 동의한다. 가까스로 수갑을 풀고 탈출에 성공한 성하는 이 두 사람을 살리기 위해 가속을 멈출 것을 요구하지만, 그들은 성하의 제안을 거부하고 혼자 이곳을 떠나라고 말한다. 닉스는 우주선의 "전망대"(161)에서 그 옛날의 파우스트가 그랬던 것처럼 모든 순간이 멈추는 그 찰나의 아름다움을 바라보며 자신의 완전한 소멸을 온몸으로 만끽한다. 필레몬은 닉스와는 달리 광속이 만들어 내는 시간의 정지와 소멸에서 예전에 잃었던 사랑하는 사람을 다시 만날 수 있다는 믿음을 갖고 있었고, 광속에 도달하는 순간 이 희망을 이룬다.

섬광은 이제 눈에 띄게 느려졌다. 우주의 바다를 꿰뚫고 지나가고 있던 우주선線이 모습을 드러내기 시작하더니, 차츰 그 빛을 강렬하게 내뿜기 시작했다. 배의 속도가 그들의 속도에 근접하여 빛의 형태가 점점 확실해졌다. 광속으로 날고 있기 때문에 지금까지 '늦게 날던' 그들의 눈으로 확인할 수 없었던 것들이.

필레몬은 눈을 크게 떴다. 새하얗고 눈부신 빛. 셀 수도 없는 많은 빛들이 그들의 주위를 둘러싸고 있었다. 빛의 구체에서 하얀 팔이 나왔다가 사라지고, 얼굴이 나타났다가는 사라졌다. 가벼운 웃음소리와 재잘대는 소리가 떠올랐다가는 사라졌다.

해류를 따라 떼 지어 헤엄쳐 가는 무수한 하얀 물고기 떼처럼, 그들의 주위를 온통 빛나는 영혼의 무리가 둘러싸고 있었다. 인간인 것, 식물인 것, 부정형인 것. 곤충, 벌레, 정체를 알 수 없는 것. 시간이 정지해 버린 영원의 세계를 살고 있는 무리들. 필레몬은 입 안 가득히 미소를 머금었다.

필레몬은 팔을 내저으며 기쁨에 차 여자의 이름을 불렀다. 여자의 모습을 한 빛 덩어리가 아이 같은 웃음소리를 내며 필레몬의 품에 안겼다. 필레몬은 여자를 껴안았고 동시에 자신의 몸에서 빠져나왔다. 두 빛 덩어리는 서로 이리저리 엉키더니 하나가 되어 버렸다.(165~166)

신화 속의 필레몬과 바우키스가 바라던 데로 동시에 죽음을 맞고 나무로 변하듯이, 『파우스트』속의 필레몬과 바우키스가 뜨거운 불 속에서 하나의 잿더미로 변하듯이, 필레몬은 멈추어 버린 시간 속에서 자신이 애타게 찾던 여자의 이름을 부르고 그녀와 함께 하나의 "빛 덩어리"가 되어 버린다. 닉스는 자신의 앞으로 지나가는 "반은 인간이고 반은 다른 생물과 합쳐진 모양의 빛 무더기"(167)를 보며, 어떤 회한도 없이 그들과 합류해 "빛의 터널"로 사라진다. 그것은 "죽음의 순간에 사람들이 본다는 거대한 빛의 동굴처럼. 광속으로 이동하는 사람의 눈에만 보이는 터널로" "시간이 흐르지 않는 세계"(167)이다. 성하는 언젠가 "자신의 수명이 다했을 때", 그들을, 아니, "그가 스쳐 만났던 모든 사람들을 다시 만날 것 같은"(168) 강한 예감을 느끼며 '우주의 끝'에 도달하고자 하는 여정을 다시 떠난다. "배는 무한의 시간 속으로 빠져들었고, 우주가 끝나는 날까지 영원한 항해를 하게 될 것이다."(167)

『미래로 가는 사람들』의 세 번째 이야기「轉—광속도에서 일어나는 일」이 물리적으로 설명할 수 없는 우주의 작용을 통해 죽은 연인과 재회한다는 스타니스와프 렘의 『솔라리스Solaris(1961)』의 테마를 변주하고 있다면, 네 번째 이야기 「슴—네 번째 축으로 가는 법」은 셀 수 없는 시간이 지난 후 우주 최후의 순간에 지적 생명체가 맞이하는 운명을 쓴 아이작 아시모프의 「최후의 질문 The Last Question(1956)」의 계보를 잇고 있는 소설이다. 간단하게 내용을 요약하자면, 「최후의 질문」은 엔트로피는 역전될 수 있는가, 라는 의문을 가진 인간과 이 질문에 "자료가 부족하여 답할 수 없음"이라는 답변만을 내놓는 AC analog computer의 대화로 이루어진 소설이다. AC의 발전과 함께 지구에서 태양계로, 그리고 우주 전체로 삶의 공간을 확장한 인간은 셀 수 없을 정도의 우주적 시간이 흐른 후 육체의 속박에서 벗어난 하나의 정신이 된다. 거대한 크기를 가졌던 AC 역시 시간의 무수한 흐름을 통해 초공간으로 자리를 옮기고, 물질도 에너지도 아닌 형태로 존재한다. 억겁의 시간이 지나 인간은 AC와 결합되어 정신이 되고, 나중엔 최후의 정신마저 사라지고 AC만이 남는다. 그리고 자료를 수집하며 홀로 존재하던 AC는 임박한 우주 최후의 순간에 기어이 답을 찾아내지만, 질문을 할, 답을 들려줄 인간도 이제는 존재하고 있지 않다. 고립무원의 우주에 홀로 존재하는 AC는 자체 프로그램을 돌려 오랜 질문에 대한 대답을 실행한다. AC가 "최후의 질문"에 답하는 장엄한 모습은 더글러스 애덤스가 쓴 『은하수를 여행하는 히치하이커를 위한 안내서』(1979~1992)의 "깊은 생각"이란 별칭을 가진 슈퍼컴퓨터가, "삶, 우주 그리고 모든 것"에 대한 궁극적인 해답을 얻기 위해 750만년 동안 계산한 답을 하나의 숫자로 간명하게 제시하는 모습으로 오마주 되었을 정도로 유명하다. 「최후의 질문」을 아직 읽지 못한 독자들을 위해, 『은하수를 여행하는 히치하이커를 위한 안내서』를 경험하지 못한 독자들을 위해 AC와 슈퍼컴퓨터가 계산해낸 우주적 질문에 대한 답변은 말하지 않겠다. 하지만 한 가지는 분명하게 말할 수 있다. 그 답이 『미래로 가는 사람들』의 네 번째 이야기와 연결된다는 점이다.

「슴—네 번째 축으로 가는 법」에서 성하의 육체는 죽음에 임박하고 의식만이 남은 상태로 아주 오랜 시간—김보영은 그 시간의 흐름을 인간의 언어가 표현할 수 있는 범위를 넘어섰다고 두 번에 걸쳐 강조한다—을 비행해 우주의 끝이라고 여겨지는 곳에 도착한다. 우주의 모든 것은 죽었고, "우주가 탄생한 순간 시작된 최초의 빛"(173)만이 남아 우주의 흔적을 이곳저곳으로 옮기고 있을 뿐이다. 블랙홀 또는 카오스라고 불러야 할 그곳에서 성하는 "어떤 '파장'이 그의 안으로 스며들어"(174)오는 것을 느끼고, 그 파장과 대화를 시작한다. 파장은 성하의 의식과 접속한 상태에서 성하가 사용하는 다양한 언어 기호를 검색하고는 자신을 "클러스터cluster"(177)라고 지칭한다. 클러스터는 하나인 동시에 여럿인 일종의 '의식'으로 우주와 함께 태어나 지금까지 존재하고 있는 영적 에너지 같은 것이다. 성하는 클러스터를 "수많은 영혼들이 웅성거리며 그의 주위를 헤엄쳐 다니다가 다시 합쳐지는 듯한 느낌을 받았다"(179)고 표현한다. 클러스터는 성하의 죽음이 얼마 남지 않았다는 것을 알려주고, 성하는 클러스터에게 "임종을 지켜"(183) 달라는 부탁을 한다. 클러스터는 성하와 접속한 상태에서 그의 전 생애를 읽어낸다. 시간 여행자로 살아온 무수한 시간과 경험, 죽음을 받아들이는 담담한 마음을 감지하던 클러스터는 모든 것이 소멸하는 순간에도 사그라들지 않는 성하의 욕망을 발견하고는 놀란다. 그것은 에키온과 결합된 성하의 의지와 같은 것이다. "그대는 여행을 위해 생을 얻었고, 죽음에 이른 순간까지도 여전히 길을 떠나기를 원하는군요. 그 오랜 세월도 그대를 만족시켜 주지 못했나요? 우주의 끝에서 끝까지 갔고, 이제 우주의 종말까지 왔는데도, 아직도 목말라 하고 있군요."(187) 클러스터의 물음에 성하는 "의식을 파고 들어왔던 에키온의 깊은 소망"(187)을 떠올리며 이렇게 답한다. "그래요. 우주의 끝까지 날아왔지만 나는 아직도 이 우주에 대해 아무것도 모르니까요."(187) 성하가 지닌 앎에 대한 열망은 너무나 넓고, 그에 비해 이 우주는 너무나 좁다.

성하가 가진 불멸의 의지에 감복한 클러스터는 성하를 도와줄 수 있다고 말한다. 그것은 클러스터가 지닌 "생명 에너지를 물리적인 에너지로 치환"(191)하는 것으로, 성하와 결합하여 그의 의식을 "4차원의 세계"(197)로 이동시키는, "일종의 유체 이탈"(198) 같은 것이다. 클러스터와 결합한 성하는 "자신이 성하인지, 클러스터인지, 아니면 둘을 합친 다른 존재인지 알 수가 없게 되어"(200)버린다. "클러스터—에키온—성하"(201)는 끝없이 확장하며 우주의 모든 것과 결합한다. "성하는 이제 우주가 되었고, 하나의 차원이 되었고, 하나의 전체가 되었고, '영혼' 또는 '생명'이라고 불릴 하나의 존재가 되었다. 그리고 모든 것을 이해했다."(201) 차원 너머에 있던 성하의 육체는 죽고, 성하는 새로운 우주를 탄생시킨다.

우주 전체를 감싸고 있던 영혼의 조각들이 점점이 흩어져 1억 개의 지구에 쏟아져 내렸다. 그중 하나의 조각은 아직 태어난 지 얼마 안 되는 푸른 별의 바다에 떨어졌다. 영혼조각은 번개가 치는 걸쭉한 유기바다 속으로 빨려 들어갔고, 조용히 활동하기 시작했다. 이 작은 별 가득히 자라나게 될 수많은 생물과, 앞으로 펼쳐질 그들의 찬란한 삶을 꿈꾸며.(202~203)

지금의 물리학적 패러다임 속에서 '빅뱅'이라고 부르는 창조의 순간이 시작된 것이다. 『미래로 가는 사람들』의 네 번째 이야기는 SF의 계보를 통해서도 설명될 수 있지만, 이는 파우스트의 죽음 이후 계약에 의해 그의 영혼을 가져가려는 메피스토펠레스를 저지하고 그를 구원하는 『파우스트』의 마지막 장면과도 맥이 닿아 있다. 김보영은 성하가 도달한 '우주의 끝'을 죽음 다음에 도달하게 되는 어떤 장소로 표현하고 있다. 이 신화적인 장소는 이렇다. "이 우주의 모든 것은 죽었다. 오래된 시간은 질병처럼 살아 있는 모든 것을 죽음의 나락으로 끌고 들어간다. 환생의 고리도 윤회의 흐름도 끊어졌으리라. 환생한 영혼을 담을 생물이 더 이상 이 우주에 남아 있지 않으므로. 천국과 지옥마저 먼지가 되었을 것이고, 저승의 유황불조차 엔트로피의 증가를 견디지 못하고 원자 단

위로 분해되어 버렸으리라."(173) 성하의 영혼이 이곳에서 클러스터를 만나 새 생명을 얻는 것처럼, 파우스트의 영혼은 천사들과 그레첸의 영혼에 이끌려 구원을 얻는다. "파우스트의 불멸의 영혼을 인도하며, 그리고 보다 높은 대기 속에 떠돌면서" 천사는 이렇게 말한다. "언제나 열망하며 노력하는 자, / 그 자를 우리는 구원할 수 있노라."* 성하의 영혼이야 말로 자신의 신념을 끝없이 갈구하는 파우스트적인 열망 그 자체가 아니던가. 파우스트는 처음부터 악마에게 자신이 원하는 것이 쾌락의 무한리필이 아니라고 말하지 않았던가. 파우스트는 메피스토펠레스에게 이렇게 말했다. "전 인류에게 부과된 바를 / 내 내면의 자아로 향유하고자 함이로다. / 내 정신으로 가장 높고 가장 깊은 것을 파악하고, / 인류의 행복과 슬픔을 내 가슴에 쌓아올려서, / 내 자신의 자아를 인류의 자아로까지 확대시켜, / 결국은 인류와 마찬가지로 나 역시 파멸하고자 함이로다."** 성하의

---

* 『파우스트 2』, 같은 책, 452쪽.

** 『파우스트 1』, 같은 책, 112쪽.

삶은 파우스트가 지닌 의지의 우주적 서사라고
말할 수 있다. 성하는 우주의 파우스트이다.